Morsures de nuit

DU MÊME AUTEUR

Écritures carnassières, "*À Vif*", Maurice Nadeau 2022

Image de couverture : Philippe Martin

À Vif, une collection dirigée
par Delphine Chaume

ISBN : 978-2-86231-513-3

5 rue Malebranche – 75005 Paris
editions.mauricenadeau@orange.fr
www.maurice-nadeau.net
Éditions Maurice Nadeau – Les Lettres Nouvelles

Ervé

Morsures de nuit

À Vif

MAURICE NADEAU

*Pour mes deux poumons qui me
tiennent au creux de leurs mains.*

Pour Clairette sans qui....

*Pour les écorchés vifs qui ont fait
le pari vain de vouloir comprendre
le monde et qui vomissent aux petits
matins leur désespoir.*

MORSURES DE NUIT

AU RAS DU SOL

Puisque rien ne s'oppose à la nuit…

Entre battements de cœur et poussières, suite des écritures carnassières…

« Dès que vous avez compris qu'il est partout difficile de vivre, alors naît la poésie. »
Natsume Soseki (1867-1916)

« Le masque tombe, l'homme reste, et le héros s'évanouit. »
Serge Gainsbourg
[Evguénie Sokolov] (1928-1991)

Préambule

Écrire sans pudeur, sans chercher loisir d'avoir d'outre-tombe l'aval de mes repères ou paires littéraires. Là ne réside pas l'objet. Comme je trace à pied ma route, je gratte à la plume et me faufile empruntant sans nul doute les mêmes routes puisque tous les mots ont été posés par mille et autres écrivains. Mais il me reste mes sentiers de nuits. Les obscures et bavardes pérégrinations de mes vies inclassables. J'ai eu une peur atroce de mes *Écritures carnassières* où j'imaginais pouvoir mourir ensuite. Mourir enfin en laissant un héritage puisque le livre était posé et conduisait sa propre vie. Mais un petit ogre était né sous le sourire édenté de son père carnassier. Il lui fallait sa mère, « Morsure ». Comme pour accoucher vraiment de moi. Sans fard. Sans milieu. Choquant, bouleversant, énervant, triturant les mots puisqu'il est impossible de les réinventer. Ne pas cacher la douleur qu'implique l'exercice qui me fait perdre souffle bien trop souvent, puisque je me sais à peine survivant. Moi qui voulais tant embrasser la vie et qui l'ai à peine frôlée. Je le vois dans le tain des miroirs qui ne m'ont jamais supporté. Je le vois dans le mépris de loin des gens qui passent leur temps à se mirer. J'aurais pu y calquer quelques jalousies ou y singer leurs poses, désespérer de plaire un jour au monde. Quelle banalité ! Je me tords la barbe longue des années de détresse faisant doucement ruminer mes bras de chemise sur ma peau peu épaisse. Je rallume le reste du clope qui s'ennuyait dans le cendrier et pleure un peu les lunettes qui se cassent la gueule sur mon fin nez. J'ai la sensation de ne plus vivre. Les mains plus que striées par le manque de douceur. On dirait des toiles arachnides tatouées au naturel. Je ne suis que chair de poule avec cette impression que les os pourraient sortir tout à coup. Mes veines appellent piqûres tellement elles sont orgiaques. Les lignes de mes mains feraient fuir toute chiromancienne. Et, puisque je tiens là mes *Morsures de nuits*, fuguons, dans les pénombres souvent, mais fuguons aussi à la lumière du jaune pâle des réverbères de mes péripéties.

J'ai appris à me coltiner les ombres

L'infini des nuits se compte en continents qu'on arpente en songe quand on sommeille à peine. Je sais que nous sommes mardi mais de quelle date ? Je suis stressé et en manque d'alcool. Je vais devoir quitter la cave. J'ai soif. Il y a mes affaires en bas qui font du fracas et ma gueule en haut à deux doigts de gerber le contenu de mon estomac vide. Il me faut trouver un ailleurs pour me poser. Toujours devoir être sur le point de partir, avec, parfois, sommation de quitter les lieux « sinon ! », le cerveau bouillant de déprime, poings et mâchoires serrées. Mais on s'y fait par malheureuse habitude. La rue te happe. T'étreint. Belle salope au faux parfum de liberté. Ô, je suis libre. Libre d'aller et venir, me foutant de tout et des gens. Les regards méprisants, j'en ris. Les regards bienveillants, je m'en méfie. Rien à foutre de la pitié. J'imagine que l'on me voit comme ces clébards abandonnés. Ceux qui n'aboient plus car trop fatigués. Me reste pourtant le mordant. Et un peu de poil doux. Debout en mode autodestruction, j'articule ma carcasse, tortue torturée, avec ce sac qui pèse tant.

Parfois je retourne sur mes pas faisant l'effort de les suivre. Petit Poucet sale, puant, ridé et édenté, aux bottes de sept lieues à repriser. Et je grince des dents…

Je traîne les pieds, je l'admets, je vivote à la petite semaine,
Je lutine parfois avec ma cervelle
Et je grince des dents, à toujours courir la même antienne,
Je grince au-dedans,

Je me pique à repriser mes semelles,
Alors je trace devant…

La nuit, je me laisse guider. Je marche dans les rues et les quartiers à la recherche des perches que je ne veux pas oublier. Mes compagnons perdus. Alors mes yeux se collent à nouveau et j'ai besoin de respirer. Je décide de me poser au Cimetière du Montparnasse et d'y rester pour la nuit. Il y a une crypte ouverte. Je m'y cache et j'attends le soir. J'y somnole un peu.

À la douce aurore de septembre on peut s'attendre à croiser Renard au pelage sympathique avec dans le regard de l'humanité. Celui-là accusait des poches sous les yeux, traînant fatigue. Il a usé de sortes de feulements pour m'apprivoiser. J'étais ce con de Petit Prince inversé. Pas con le rouquin.

Et la nuit est venue. Allongé sur mon bout de pierre, il se pose à petite distance de moi. Quand je vivais à Londres, les Renards entraient par les fenêtres des cuisines pour piquer la bouffe et se barrer. Mon futur copain, lui, semblait amusé par ma présence. Je laissais de la bouffe au sol et il me foutait la paix. Sur ma pierre, je dormais un peu avec pour réveille-matin des chats sauvages qui miaulaient de faim, prêts à bondir et te griffer la gueule. Des sauvages affamés.

J'enquillais les journées sous alcools attendant le soir. À l'époque, du côté de Montparnasse ou d'Alésia jusqu'à Montrouge, il était aisé, pour peu cher, de choper de la « Sista-Brown ». Une merde d'héroïne coupée à la quinine et caféine. Je me tapais la petite sœur en fumette. Jamais en injection. J'avais peur d'une montée trop rapide et de la descente vertigineuse. C'est en allant en choper que j'ai rencontré pour la première fois Scal' le Punk. Le plus gentil des mecs, bien barré, sidaïque, débordant d'humour. Dans ses yeux, je pouvais lire la détresse qui l'habitait sans pouvoir en dessiner les contours. On s'est côtoyés brièvement et perdus de vue. On se reverra quelques années plus tard, toujours dans le même quartier. Toujours aussi fascinant de vie alors qu'il était en train de crever à grandes enjambées. Scal' était le seul Punk sans chien, à ma connaissance, qui adorait The Doors. Quand il est parti rejoindre Morrison, j'ai chialé mille orages. Je me suis consolé très vite, comme d'habitude. Il faut vite passer à autre chose. Je connais mes tristesses et mes colères. Elles me bouffent jusqu'à en ronger mes résiliences avec cette impression cependant d'être sans cœur. Sans parler de mon âme.

Quand un ami s'en va, tu comptes, ou plutôt tu fais le décompte : combien t'en reste-t-il ? Comment faire le deuil ? Te demander à quelle heure la faucheuse va venir te taquiner l'échine. Tu te sais en sursis alors il te faut un sursaut et tu espères que la vie, cette pute de loterie, te feras un clin d'œil.

… Je grince des dents,
Au bruit sourd du quoiqu'il advienne,
Je grince au-dedans,
Si je me pique, j'en pourrirai mes veines
Alors je trace devant…

Et puis, il y a Elle. Elle est là. Mais je ne sais pas comment aimer son intrigante présence. En attendant, j'essaie de capter un peu de sa douceur pour apaiser mes peines et mes douleurs. Il faudrait que la fureur de ma rue se calme un peu. J'ai besoin de souffler.

Quand survient la haine

Quand, pour la première fois, j'ai éprouvé de la peur face à une menace, je suis sorti hors de moi. C'était au collège. J'étais en 5e. Un plus grand par l'âge, de la taille d'un nain cependant, n'avait de cesse de m'humilier. J'avais peur de lui et honte de moi. Comme s'il passait son temps à me pisser dessus. Et puis, ma part sombre a pris le dessus peu après que lui et sa bande de larbins m'ont fracassé la gueule, derrière le préau où j'avais pris l'habitude de fumer mon clope, en solitaire. Le jour de trop. Après les cours, je l'ai attendu sous les pins, juste à la sortie de l'établissement. Je tremblais de trouille et de haine. Il ne m'a pas vu venir, ni ses potes. Je lui ai envoyé mon poing dans la gueule, poing nourri par la colère. J'étais furie folle. Il s'est éclaté sur le sol et je me suis mis à lui asséner des coups de pied en rafale. Mon cerveau s'était déconnecté. J'étais cratère en éruption de haine et de peur. Un môme survolté. Sa petite bande n'a pas eu le temps de réagir. Pour la plupart, ils ont pris peur, comme tétanisés, et sont partis très rapidement. Quand les coups ont cessé de pleuvoir, il était en sang, méconnaissable pantin désarticulé, tremblant de douleur et de trouille. Le monde entier bourdonnait en mes oreilles. Le sifflement strident qui perforait mon crâne de l'intérieur a petit à petit cessé de le vriller. Je revenais à moi, essoufflé. Moins tremblant de rage. J'étais satisfait.

Je suis rentré d'un pas lent sous les regards ébahis des autres collégiens qui attendaient leur bus. J'entendais sans trop bien distinguer le son distordu de leurs commentaires.

À quelques centaines de mètres du foyer, les cris d'une ambulance ou d'un camion de pompiers m'ont sorti de mon flottement. Je suis directement allé voir mon éducateur référent. Je suis entré dans le bureau sans frapper, me suis assis, lui ai taxé une Gitane. J'avais besoin de parler. La main droite abîmée, la chaussure droite maculée de sang, il a vite compris que quelque chose de grave venait de se dérouler. Nous sommes partis en voiture. On a bu des bières et je lui ai tout raconté, la genèse de ma colère et ce qu'il en résultait.

Plus tard, j'ai appris par la conseillère principale d'éducation qu'il aurait pu mourir. Une raclée presque mortelle. Ça ne m'a pas plus ému que ça. Il méritait qu'on le corrige. J'ai écopé de punitions multiples à la fois de la part du collège et aussi du foyer. Punitions dont je me foutais royalement. Mais depuis, j'ai pris conscience des capacités en moi à être d'une violence inouïe et de ses conséquences. J'aurais obligation à, tous les mercredis après-midi, quand d'autres sont en activités, consulter la Psy. Un petit bout de femme moche, toujours fichue en tailleur rose et au maquillage coulant avec cette énervante goutte de bave aux commissures des lèvres. J'ai aussi appris plus tard, un an ou deux après, qu'il était mort suite à une course-poursuite avec les flics, au volant d'une bagnole volée qui s'est encastrée dans une maison ne faisant pour victime que lui et son passager sans doute aussi ordure que lui. À l'annonce de sa mort je n'ai rien ressenti. Je le détestais. Il avait fait naître en moi fureur et violence. Je suis resté silencieux un moment quand, toujours la même conseillère, m'a rappelé les faits auxquels je devrais toujours faire face. Comme si, là, j'étais responsable de sa mort. Agacé, je me suis levé et, passant la porte, j'ai juste demandé si la bagnole n'avait pas trop morflé. Longtemps, ce moment extrême a hanté mes nuits.

Avec le temps j'ai mesuré à quel point les colères sourdes et celles plus réelles sont de mauvais mélanges. Des solstices incompatibles car par trop bouillonnants. Il m'arrive de penser à lui et d'une vie gâchée. J'ai cherché sa tombe. J'ai appris qu'il avait été enterré au pays de ses parents.

Longtemps, lorsqu'il me fallait répondre à une agression, à une colère immense, mes poings se serraient pour taper dans un mur. Et à chaque fois, j'évitais le contact car trop impressionnant. On en restait là. On me prenait pour un fou. Mais promis, à chaque fois le mur s'en sortait plutôt indemne.

Nuits d'hiver

Toutes ces décennies sans devenir réellement cinglé de cette vie en marge, ce n'est pas rien. Mes nuits sont courtes, faites de fièvre et de douleurs, exemptes de rêves. Ou alors, ils sont mauvais. Le plus récurrent est de voir au loin mes deux poumons au bord d'un précipice avec ce vent terrible qui les fait tanguer. Le vertige m'envahit et je me réveille en pleurs, bouillonnant, suant et tremblant. Je suis au mitan de ma nuit, en ces heures perdues qui me mitent. Le sommeil s'enfuit alors que je me roule une cigarette et finis le reste de bière. Un rat détale à la lueur du briquet. Je n'ai même pas pensé à essuyer mes larmes de cauchemar, j'ai les paupières qui collent. Et les cheveux longs et gras. Quelques ongles sales aussi, pedibus et manibus. Il faut que je prenne une douche.

Je quitte la cave.

C'est l'hiver et son vent glacial qui claque mon cuir tanné et repasse mes rides. Réveil frais alors qu'il fait nuit encore. Je marche le long des murs endormis juste éclairés par les lumières jaunâtres des lampadaires qui s'emmerdent. À cette heure, un peu plus loin, les quais du Canal Saint-Martin ne sont habités que par des cadavres de verre, de plastique et de ferraille. Je scrute le sol en marchant à pas de loup. Jadis, j'y ramassais quelque menue monnaie. Jadis. L'aube arrive avec au loin les murmures des camions de livraison. Je baille. Je rallume mon clope. Je suis crasseux. Il me faut tuer le temps. J'ai un exercice qui consiste à devoir me remémorer toute la veille. Du lever au coucher. Quasi minute par minute.

Si je n'ai pas trop picolé la veille, c'est chose aisée. Éviter les trous noirs, les nids-de-poule des souvenirs. Je pleure un peu, comme ça, sans raison. L'âme fragile se déleste de son sel sincère.

Mais la nuit la plus terrible qui aurait pu m'emporter remonte à une dizaine d'années. L'hiver toujours. La journée, j'avais bossé pas mal d'heures. J'en étais sorti fourbu mais blindé. J'avais assez d'argent pour bien bouffer et ensuite chier, me laver et dormir en chambre d'hôtel. Moment de luxe. À l'époque, je me gavais. Je picolais beaucoup, fumais énormément, et pas que du tabac. Et puis la coke, les buvards et des médocs. Mais cette nuit d'hôtel là a été un hall pour l'enfer. À l'abri dans la chambre j'ai bu, fumé et gobé tout ce que j'avais sous le coude levé en permanence. Je suis passé de minable à loque humaine en un quart de nuit. Je me souviens de m'être penché à la fenêtre pour estimer la distance entre le sol et moi essayant de calculer en combien de temps je me fracasserais plus bas. Et puis il y avait ce platane planté face à moi. J'étais presque au niveau de sa cime. Une brise le tourmentait gentiment. J'ai remballé mes vêtements dans mon sac et, bien lesté, je l'ai balancé par la fenêtre et j'ai compté. 5 secondes, ou 6. C'est le temps qu'il lui a fallu pour s'éclater, plus bas, sur le bitume. Je me souviens avoir ri en me disant que c'était un laps de temps trop long. Si je dois crever, je veux que ce soit un instantané. Que ce soit fulgurant. Ne pas me laisser le temps de vouloir apprendre à voler. Je me suis perché sur le rebord de fenêtre après avoir enquillé mon dernier rail de poudre et vaincu le reste de mauvais Whisky. Vertigo et jambes tremblantes. J'ai donné un coup d'œil à mon sac plus bas en lui disant « J'arrive » et j'ai sauté, avec le peu d'élan que m'autorisait le maigre rebord, en direction du platane. Ses branches m'ont lacéré tout du long dans ma chute. Je m'agrippai à elles qui cédaient au début et qui m'ont retenu ensuite. Tout ce temps, avant d'être retenu par une branche plus épaisse qui m'a vrillé les couilles et la poitrine, à peine à deux mètres du sol, je n'ai pas fermé les yeux. J'étais ivre de folie, défoncé de connerie. Suspendu, je me suis lâché comme une merde sur le sol. Pestant de douleurs, face à mon sac à dos qui se foutait de ma gueule. C'était la seconde fois que je tentais de me foutre en l'air en me jetant de très haut.

Obsèques du jour

L'ennui et la manche égayent mes longues journées accompagnées du grésillement du poste radio ce qui ne m'empêche pas d'entendre au loin les pleurs d'un enfant et ceux de la daronne exaspérée ou les cris hystériques d'un clochard bien barré. Quand le ciel se décide à faire la nique à la lumière du jour, j'accueille la nuit avec sourire. Tout se tamise en un ballet de couleurs qui va du jaune et de l'orange au marron sur fond noir. En fond sonore, en plus de la radio, le chant des sirènes des ambulances, voitures de flics et camions de pompiers. Quand il y a moins de bagnoles, c'est le trottoir qui parle. Le bruit des talons d'une Dame au loin, le bip des codes des entrées d'immeubles, le ronronnement des roues de vélos sur le goudron, le murmure des couverts aux terrasses des restaurants ou des verres qui s'entrechoquent. Il flotte une apesanteur qu'il faut savoir saisir. Humer même. Tout ce que j'aime. La journée se meurt et ses obsèques me sont joies et apaisements. J'ai assez de réserve ce jour-là pour picoler jusque tard dans la nuit. J'irai me coucher quand vous dormirez et me lèverai quand Morphée aura à peine fini sa tournée des songes. Fantôme de vos caves à rat aux suées nocturnes. Comme je ne suis pas trop défoncé, je sors un carnet pour y graver mon mal-être. Dans la pénombre de mon bout de trottoir, les lettres semblent dessiner et mes dessins me parler. Je me roule un joint en toute discrétion mais l'odeur me trahira de toute façon. Les premières lattes m'ouvrent l'appétit d'autant plus qu'il flotte dans l'air les effluves des cuisines alentour. Depuis quand n'ai-je pas mangé vraiment ? Les lattes suivantes m'invitent à me sentir posé, comme détendu après un massage ou après une culbute. La culbute ? La place des vieux souvenirs comme j'aime à nommer mes relations sexuelles. Mes non-relations donc. Je pourrais aller aux putes. À Belleville, il y a le choix. À mon niveau de vie en marge et de toutes ces années à me flinguer le corps et l'esprit, je n'aspire qu'à la tendresse, comme un vieux qui ne bande plus, comme un semi-cadavre qui ne souhaite qu'une chose : que son souvenir perdure. J'ai aimé. J'ai baisé. J'ai fait l'amour. Jamais je n'ai trahi. Et puis vient un jour où les pulsions à la con deviennent obsolètes pour ne voir que la beauté du reste. Baiser des âmes, lutiner avec sa cervelle. La dernière fois que j'ai embrassé, il s'agissait d'un livre que j'avais lu en à peine deux nuits. Satisfait, au petit matin du troisième jour, j'ai posé mes lèvres sur la couverture. J'avais voyagé en émotions et ça m'allait. La soif de lecture pèse cependant lourd dans mes sacs déjà bien chargés. Je dois donc souvent me délester de quelques-uns de mes précieux bouquins. J'en dépose çà et là, des boîtes à livres, en offre certains, fais don aux bibliothèques quand je ne me fais pas refouler en mode « pas de clochard en ces lieux ». On peut donc aimer la littérature et se détourner de l'humain. Paradoxal. À force de lire, j'ai caressé l'espoir, un jour, moi aussi, de laisser une trace de ma plume.

Dortoir

La fenêtre s'ouvre en grand et en un bruit infernal. Le temps gronde et la pluie inonde le lit. Ce jour-là, j'ai à peine quelques années d'existence et je dors en un lit étranger, dans un foyer tout autant. Mon réflexe du tout petit enfant que j'étais a été de m'enfoncer au pied du lit pour me retrouver face à la fenêtre qui s'est ouverte sous les coups de boutoir d'un vent violent et invité la tempête à broyer ma nuit. Je ne sais plus si je pleurais ou si c'était l'eau de pluie qui inondait mes joues mais je me souviens de cette bouche béante noire avec ses dents d'éclairs que lui dessinait l'orage. J'ai entendu des pleurs au loin, un autre enfant. Je n'étais pas seul. J'étais un peu rassuré. De violente, la tempête est devenue apaisante en un souffle de vent plus calme et de bruit plus lent. Je me suis mis à genoux sur le matelas trempé, en tête de lit pour regarder au dehors. Des pins dodelinaient et l'odeur de la pluie me berçait les narines. Levant le nez, j'ai vu les nuages déserter pour laisser place à un chapelet d'étoiles sur fond de ciel bien noir. Au loin, toujours, les cris geignards de mon compagnon de dortoir. Je n'étais pas seul en cet immense lieu, immense aux yeux d'un enfant. J'avais vaincu ma peur des orages. Depuis j'ai besoin de fenêtres ouvertes, qu'il pleuve ou pas. Mais comme depuis longtemps je dors à ciel ouvert ou cave sans fenêtre, ce souvenir, je le caresse.

Je pense souvent que la nuit est plus vivante et plus richement colorée que le jour. – Vincent Van Gogh.

Henné (*Lawsonia inermis*)

Je les nomme mes « deux poumons ». Mes filles. Mes gamines. Mon tout, en fait. Les deux plus merveilleux accidents de ma vie. L'origine de la conception reste un mystère. On baisait une fois l'an. Mes gonades devaient être à saturation. Je me souviens de la chaleur de nos peaux étreintes et le lit chaud sous une bordure de tissus insupportable. La douceur comme un parfum de caramel doux et le henné de ses cheveux. Ce qui me rendait fou d'elle. Ce parfum invitait. Elle ne le savait pas. J'étais dans un monde lunaire, défoncé par mes fatigues et mes aveuglements. Mes tristesses et mes déceptions. J'accumulais les regards hautains et les bassesses du voisinage. Quand elle rentrait, exténuée, j'étais loque. Elle bossait comme une dingue à sauver la terre entière de toute la misère du monde. Vaste programme. Et j'étais chien avec elle. Comme si le monde devait, son monde, tourner autour de moi. J'étais chien qui tire la langue. Elle me fascinait autant qu'elle m'insupportait. J'avais mal pour elle et pour moi. Je la sentais de plus en plus insaisissable et j'en crevais pour ne pas en pleurer. Je suis très vite devenu un mur. Je la voulais sans la vouloir. La désirais sans vouloir la prendre. Je consommais énormément d'alcool et fumais en journée mon clope et le soir cannabis de détente. Et cette odeur de henné quand elle sortait de la douche. Ce parfum inaudible mais intrusif. Il flottait un goût de miel dans le peu d'espace qui nous occupait. Je voulais que l'on baise. Que nos peaux se frottent à nouveau. La nuit aidant, moi en une autre pièce, puisque je ne puis dormir sereinement, je la rejoins doucettement et m'allonge. Son odeur m'enivre et je calcule la douceur de sa peau. Collés, nus, près d'elle, nos corps fusionnent en une étreinte presque irréelle. Je viens très vite en elle comme s'il s'agissait de la fin de mon monde. Je peine à respirer tellement orgasmique. J'enjoins la petite mort. Je me souviens caresser sa chevelure peinte. Le doux miel de sa peau mêlée à la sueur de notre fugace étreinte. Ce soir-là, premier poumon était envisagé.

Mon bateau-lit

De la porte d'entrée, une superbe vue sur la Tour Eiffel, cet amas de ferraille énervant, s'offre à moi moche en journée mais gracieuse et illuminée de nuit. Et puis ce magnifique et imposant sapin. Je suis sur les hauteurs calmes de Suresnes. Comme elle, la maîtresse des lieux, aime à me le dire et à me le répéter, j'y suis comme en famille. Je réalise en écrivant ces lignes, qu'elle est la seule personne à pouvoir tenir ce genre de propos sans que je me fâche. Passons sur le comment nous nous sommes connus. Ça parlerait de solidarité, cette pitié qui ne dit pas son nom ou de bonne conscience bienvenue. Non. Juste une belle rencontre. Un beau hasard qu'offre parfois la vie. Tu te réveilles cassé par une nuit de merde dans la rue et tu te retrouves en fin de journée en un endroit quasi magique. Une autre dimension où le calme ne souffre d'aucune dispute. Où le lit qui accueille ma carcasse est si grand qu'en rêve je suis en océan. J'y dors sereinement. Il existe des ondes et, en ces lieux, elles ne sont que positives. Avec le temps l'amitié s'est installée, acheminée sur le long cours. Au tout début, j'adorais flipper à venir les voir, à leur invitation, mais à l'idée de revoir MimiChat, le félin rachitique et diabétique de la maison, je mettais ma timidité de côté pour aller affronter douceur et gentillesse. MimiChat, ce vieux matou vagabond en fin de vie quand je l'ai connu. Un dur à cuire, cependant, qui tapait avec enthousiasme dans la gamelle après avoir reçu son injection anti-diab' dont j'avais appris le geste précis. Méfiant au début, l'amitié s'installera et il sera toujours joie à me revoir.

Jusqu'à ce qu'il faille le laisser se reposer près du sapin, à deux pieds sous terre. Depuis, un autre Matou a pris sa place et puis un Ami Canin a aussi pointé sa truffe. Cette maison respire la vie. J'y ai passé de moments précieux à pouvoir y accueillir, de temps à autre, mes deux poumons. La liberté d'émerveillement sans aucune contrainte est précieuse et se lit sur leurs visages tout sourire.

À Suresnes, j'y dors en un lit trop grand.

Être un peu au bord du monde

C'est la vie. Ou plutôt, la nuit. C'est le moment où je vis le mieux. La nuit peut t'envelopper tel un linceul, te foutre au tombeau ou t'aliter en cercueil. Je n'en ai aucune crainte. Et la solitude. Cette part gâchée de nos existences mais aussi cette formidable opportunité de moments à ne pas galvauder. La mienne est précieuse et bien souvent le nocturne l'accompagne. Que n'ai-je aimé jouer de la guitare dans des rues sombres et vides ou même aux pieds de monuments parisiens, me croyant libre de respirer un tantinet d'insouciance. La vie en marge semble tout permettre, comme se sentir un peu au bord du monde, seuls les pieds reposant au bord du précipice. Embrasser la nuit et ses morsures. Fredonner des chansons qui ne verront jamais le jour. Et boire. Et fumer. Et tomber, littéralement, de sommeil. Se réveiller épuisé puisque vivre au bord, survivre en marge, c'est comme dormir sur hamac trimballé par la tempête, le corps fiévreux, le front perlant de sueur même par froid hivernal. Et parler seul aussi, clamer, crier, là où cette putain de rue ne renvoie aucun écho à part la sirène de police qui t'invite à crapahuter un peu plus loin. Là où le sempiternel « vous ne pouvez pas rester là monsieur » invite à en pisser de rire. Et chausser ses semelles de vent abîmées. Être nulle part chez soi en ce vaste monde. Que n'ai-je rêvé de voyages pour y rencontrer mille visages inconnus, d'y ouïr des bruits nouveaux et d'y humer des odeurs magnifiques ou puantes. Tant qu'elles sont autres. Défaire les couleurs connues, y déliter les lettres bien trop encrées. Se sentir un

Rimbaud jeune dans le corps d'un alcoolo pour qui l'amour de tout en ce bas monde n'est qu'un chien de l'enfer*. (*Hank).

Trop-plein de silence

Les trop-pleins. Toutes ces drogues englouties au fil des années qui décharnent. Je pourrais en faire une liste non-exhaustive puisqu'en la matière le renouveau est incessant d'une décennie à l'autre. J'ai tout pris je pense et en suis, pour beaucoup d'entre elles, vite revenu. Il y a les drogues portes battantes et d'autres plus lourdes. Je me défonçais pour tenir. Pour ne plus pleurer. Pour pallier mes manques de nuits. Pour tenir tête à l'adversité. La violence de la rue. En journée, je passais souvent mon tour pour le côté festif de la défonce. Je suis plus du soir et de nuit. J'avais assez donné. Comment ne suis-je devenu fou à me défoncer dès potron-minet avec l'angoisse du lendemain sans souvenir ? Des années. Trop. La déglingue physique où tu perds tes dents peu à peu et les côtes cassées lors de bastons. Tu te regardes un matin avec des bleus autour du bleu de tes yeux gonflés comme des cochonnets de pétanque. Croiser un connard de la veille avec le briquet serré en tes poings pour te donner plus de puissance et ne pas te flinguer les phalanges dès les premiers coups. Se fritter la gueule après beuveries et défonces pour, quelques jours après, se retrouver sur un banc, dans un parc à partager une bière ou un joint. Comme si de rien. Taire nos galères. Mettre sous silence nos misères, nos tristesses et nos manques de vie. En trop-pleins violents quand ça doit sortir avec pour seul code : se latter entre nous. Juste entre nous. Le quidam n'est pas sac de frappe. Nous sommes petites frappes entre nous. Quand j'ai vu Fight-Club, j'ai ri. Et puis la trouille pour adrénaline. J'en avais discuté avec un ami, éducateur de rue, mais pas seulement. Étienne était à l'écoute. Comprenait sans juger. Il connaît le monde de la rue, les toxicomanies, les violences liées. C'est à cette époque que je me suis mis en retrait. La bande attire la meute. La meute excite la bande. Il y a eu des morts. J'ai eu peur. Je voulais continuer la rue mais sans violence. Je veux bien crever dans la rue mais en silence et sans violence autre que celle que je m'impose puisque l'on peut mourir de solitude. Voilà. C'est ça. M'endormir doucettement. En oubliant les coups de surin qui font des cicatrices sur mes bras et mon ventre. Un pote de rue, dit « Scal' le Punk », m'avait dit un jour : « Je vais crever du SIDA, c'est préférable à un coup de couteau dans le dos dans la rue. » Lors de ses obsèques, j'ai, caressant son souvenir, pensé que ses prises de drogues en injection étaient des lames qui lacéraient son corps et son âme. C'est à sa mort que j'ai abandonné mon désir violent de me foutre en l'air et et que j'ai tourné le dos aux drogues dites dures. Je pense souvent à Scal' le Punk. J'étais le seul à l'embrasser sans inquiétude. Il restera mon doux voyou préféré. Oui, j'ai besoin de ce trop-plein de silence sur mes années de perdition…

Vies en déroute, amours en fuite...

Une nuit, Elle est venue me réveiller. Nous avions nos tentes côte à côte. Il était trois heures du matin. Elle n'avait plus rien à se mettre dans le cornet. Alcoolique, elle avait besoin de picoler. Toxico, elle avait besoin de sa dose. J'étais dans le même état mais pas à son niveau. Pas encore. Je l'avais connue belle et monstrueusement vampirique. Elle en jouait un peu trop pour moi alors je l'envoyais chier la journée pour la consoler la nuit. Elle pleurait beaucoup aussi. Ses filles lui manquaient. À l'époque, je n'avais pas encore mes deux poumons mais je comprenais la détresse d'une mère qui aime ses enfants mais n'est pas en mesure d'assumer. Sans doute qu'au regard de cette situation j'ai pu pardonner à ma propre génitrice, celle qui n'a fait que me vêler.

Je lui roule un joint, un mini-dosé et lui file une bière. Je dégoupille la mienne. Elle insiste pour rester avec moi, le temps que la fièvre passe. Elle est bouillante en effet. En manque. Dans la tente, je lui enfile duvet et superpose couvertures. Elle est glacée de sueur. Je tremble pour elle mais je suis en mode vigilance. J'ai dû dormir deux heures. C'est suffisant ; mes nuits sont des siestes. Je vais pouvoir passer le reste nocturne à veiller sur elle. Nos tentes sont plantées non loin d'une station essence. Vers cinq heures du matin, le bruit du camion-citerne livrant la réveille. Elle a la gueule d'une belle femme qui aurait passé trois heures dans un four. Je la rassure. Elle se rendort tandis que je vais chercher des cafés. À mon retour, elle est bien réveillée. Je lui roule à nouveau un joint. Elle enquille le café et fume avec enthousiasme.

J'aime son sourire et ses yeux malicieux. J'imagine, en la regardant, la belle femme qu'elle a été et le cadavre en devenir. Je n'ose lui dire qu'elle se dégrade et que chaque nuit courte après nos vies en déroute nous coûte. Elle se marre. Elle me propose de baiser parce qu'elle en a envie et pour me remercier. Je dis non poliment. J'invoque « La Place des vieux souvenirs ». Elle était encore un peu belle pourtant. Et pour remercier ? Elle n'est pas pute. Elle était toujours triste de ne pas voir ses enfants, ses deux filles. La rue l'a défoncée autant qu'elle se défonçait, elle. Elle prenait dix ans d'âge en une année. Elle a chuté à cause de son mec de l'époque, ivre de came, se croyait amoureuse. Deux filles plus tard, cette ordure l'a plantée dans la rue en se barrant. Les mômes à l'Assistance Publique et ensuite en famille d'accueil. Elle, se plongeant dans les drogues et l'alcool qui l'ont plombée et qui, à présent, la maintiennent éphémèrement en vie. Juste pour oublier qu'elle est défoncée, elle se défonce. Une vie infernale. La Grande Roue cynique de la vie en marge.

Elle a eu un peu de répit, quelque temps. Nous nous étions perdus de vue alors qu'elle s'était trouvé d'autres mauvaises fréquentations qui naviguaient en meute et se défonçaient de bâbord à tribord sans phare aucun. Je n'étais pas mieux qu'eux mais j'avais tout de même une lampe de poche pour trouver un autre cap. On se console comme on peut.

Elle crèvera d'une saloperie de crabe quelques années plus tard, dans l'indifférence générale. J'ai été abattu à l'annonce de sa mort, comme pour beaucoup d'autres de la rue. Si je l'avais connue en d'autres circonstances, il est sûr que oui, je l'aurais baisée volontiers à coups de câlins et de tendresse.

Morphéus Pluviosus Derisor
(Celui de Nuit qui se moque de la pluie)

Le vent, violent et en pleine face, fait de moi un conquérant de la nuit. Mes longs cheveux et mon long manteau emportés en sont l'image tandis que je marche sans but. Je titube çà et là, mon sac à dos manquant de me faire tomber en arrière. Je suis poids plume à la pleine lune. Le sommeil me fuit. Restent les rues désertes en ces petites heures. Une pluie épaisse s'abat soudain et je peste. Trouvant abri sous porche, j'envisage de me poser une petite heure. Il doit être une heure ou deux. Je ne sais pas et je n'en ai cure. La fatigue, pourtant, est bien présente mais je la toise et regarde le sol se délaver, les rigoles débordent. Je m'imagine alors enfant y déposant un bateau de papier, très vite emporté par le tumulte des eaux. J'imagine une bouche d'égout béante l'avaler tout à coup, déglutissant l'improbable équipage imaginaire qui s'y trouve pour le roter ensuite. Je souris à cette odyssée navale à l'univers lilliputien. Je suis un peu transi. L'humidité est l'ennemie des personnes de la rue. Elle te colle, se tatoue même jusque dans les os. Je me rêve en intérieur, le nez collé à la fenêtre à regarder les trombes d'eau nourrir la terre. Des bruits de pas rapides me sortent de mon songe. Un couple de tardive rentrée galope sous parapluie déglingué par Éole. Ils passent devant moi sans me voir. Ils se sécheront plus tard et sans doute baiseront pour se réchauffer, une fois chez eux. J'imagine. Tout comme j'imagine, en voyant des ombres derrières des fenêtres encore éclairées, à travers de fins rideaux, la vie des gens en leurs pénates. J'aimerais en être un tantinet jaloux mais non. Pour l'heure, je me fous de toute existence en ce bas-monde qui a bien besoin d'être essoré. Petit à petit, le cliquetis des gouttes se fait moins sonore et brutal. Sans doute dormir là le reste de la nuit. Mais je suis fâché avec ce connard de Morphée. Faire la nique à Nyx. Debout, le dos appuyé à la porte d'entrée, je fume. La pluie a totalement cessé tout à coup comme pour ne pas hacher, broyer et noyer mes volutes. J'esquisse sourire. La porte couine tout à coup. Je me pousse pour laisser sortir. Un homme sort, tout de noir vêtu, un sac à la main. Je peine à distinguer son visage quand le bip de l'ouverture centralisée d'une voiture nous fait de l'œil à coup de clignotants. Je bredouille que je me suis posé là le temps de la pluie. Sans un mot ni regard, il monte dans son véhicule et y reste un long moment sans démarrer. Soudain, le bruit du moteur perce le calme revenu. L'homme ressort et vient vers moi. Il me tend un gobelet de café bouillant et s'en retourne, toujours sans un mot. Je regarde s'éloigner le carrosse de ferraille et son généreux cocher. Résonne au loin le crissement des pneus lorsqu'il disparaît dans le virage. Je m'assois sur la marche du porche et sirote le café-clope, souriant. Je me sens bien même si encore transi. Mon sac à dos m'invite à me poser la tête. Je me recroqueville sous le peu d'espace abrité du porche pour somnoler et, finalement, sous les rires de Morphée, m'endormir au petit matin naissant.

Une nuit fauve

Elle a décidé de rester avec moi cette nuit plutôt que de rentrer chez elle, au chaud. Les nuits d'hiver piquent un peu pour qui n'a pas l'habitude. Elle a décidé cependant de partager mon duvet. Ce qui est pratique quand tu vis dans la rue, c'est de ne pas avoir à te justifier du bordel qui règne dans ta chambre. Reste que ledit duvet doit sentir quand même un peu le fauve. Nous discutons beaucoup, j'en apprends un peu plus d'elle et elle un peu de moi. Mais je tâtonne à tout balancer. Pas facile de se livrer. On parle un peu de son boulot qui me fascine. Venir en aide aux familles en difficulté via l'éducation, la scolarité, l'accès à la culture, aux sports, les possibilités de vacances pour les enfants… Accompagner des familles pauvres en fait. Je lui parle un peu de mon ancienne vie tandis que s'essoufflent les voitures, que le boulevard se tait et que ne résonnent en fond sonore que les patins d'arrêt des rames du sans doute dernier métro. À l'abri sous le porche d'une église évangélique, je déploie couverture et duvet. J'ôte mes lourdes chaussures et les fourre au fond du sac de couchage et m'y glisse en faisant glisser la fermeture et l'invite à se blottir. Elle m'imite, chaussures au fond du duvet pour s'y glisser, tranquillement. Nous sommes à l'abri de la pluie et un peu du froid. Mais un léger vent me balaye la gueule et je lui crache la fumée de mon clope en retour. La chaleur de son corps fusionne avec le mien. Le duvet devient sauna. Nos corps plus que se frôlent. Les vapeurs de nos souffles au sortir de nos bouches sont Etna. Des bruits de pas me suggèrent d'être aux aguets. Deux viandes saoules, au final, qui rentrent chez elles. Il n'y a presque plus de bruit. Le métro pique un somme, les clés de bagnoles dorment dans un vase dans l'entrée des chez soi et les restos tirent rideaux. J'ai très envie d'elle. Elle aussi, je crois. Elle s'endort dans mon dos et j'ai ses bras autour de moi. Je sens son souffle chaud. J'oublie mes instincts de vigie et je me laisse bercer par cette merveilleuse marchande de sommeil.

Au très petit matin, elle sera partie me laissant un café, un peu d'argent et un petit mot : « à bientôt ».

Je bois le café tiède et me roule un clope. Je reboutonne mon pantalon.

Le ciel est d'un bleu froid glacial et sec. Le soleil commence à illuminer les façades. Je me pose à ma manche. Je plane un peu quelques minutes. Mes peines et mes colères, mes chagrins et mes plaintes des petits matins foireux m'ont quitté. Elle ne quittera plus mes pensées de la journée. Et puis les jours suivants. Jusqu'à ce « à bientôt ».

Nuits d'hôtel insalubre

L'écho des chagrins de nuit de mes deux poumons me tire de mon sommeil. Mais je n'ai fait que les rêver. Ces pleurs enfantins nocturnes n'existent qu'en ma tête. Pourtant, la fièvre qui m'occupe et le sel sur mes joues sont bien réels. On frappe à ma porte dans ce bordel puant l'ennui. En caleçon et en débardeur, j'ouvre. Je m'attends au taulier du glauque ambiant, mais non. C'est ma voisine de chambre. Maigre et aussi transparente que sa chemise nuit, elle me demande de ne plus crier. Je lui perturbe le sommeil. Ces remontrances de nuit invitent en moi un fou rire à la mesure de la pauvreté de sa condition. Pauvre folle enfermée dans 8 m^2 toute la journée sauf pour faire vaisselle, ménage et sans doute autre chose. Mais comme logée et maigre, peu nourrie, elle ferme sa gueule. Sauf que moi aussi, j'ai la mienne. Je paye le prix cher pour une piaule, de 8 m^2 aussi mais avec douche insalubre et une fenêtre qui donne sur le mur d'un immeuble que je peux sans peine toucher du bout des doigts. La vue panoramique du désespoir.

Ma chambre est insalubre après visitation. Le taulier sait à peine ce que veut dire insalubre mais m'invite avec violence verbale à dégager. Je ricane un peu d'avance. Dans une petite heure, il fermera sa gueule. Je ricanerai moins par la suite. Et lui en paiera le prix tout comme l'autre. Et moi, non. J'expliquerai.

Donc, elle retourne à son sommeil, ma voisine d'insalubrité. J'ai le choix entre m'endormir un peu et manquer le réveil où faire nuit blanche mais apaisée. Il me reste deux bières et de quoi fumer un joint et du tabac. Dans le resto où je dois bosser demain, j'ai déjà l'idée du menu. Depuis une semaine déjà, j'ai fait mes preuves. Avec un petit budget achat, je pouvais bosser correctement mais, petit à petit, c'est devenu basique. Le patron du rade est un radin. Un vrai. Le mec qui a des goupilles sur les phalanges, de petite taille mais le sourire hargneux. Le jovial hypocrite sera-t-il ainsi nommé.

Donc, ce Jovial devient mon patron et le testamentaire de ma piaule qui n'a jamais connu savon. Serai-je donc conditionné à me laver aux plombes de l'insouciance ? Je fais cuisine pour une poignée, j'ai fait mieux.

Tout à coup en ma tête, furieux. STOP !

Poète, qu'elle disait mépriser,
Elle s'y pensait fière allure face à lui,
Poète sans atours, sans parler des détours,
Des Poète dont elle désirait les volutes sans la lutte,
À même les gorges méprisées.
Bon Nom est sombres.
Bon nombre.
Des poètes…

Veilleuse de nuit

Mes nuits sous veilleuses loin du taulier du règlement, dans mon lit sans berceuse dans un dortoir immense. Des nuits de pacotille où des enfants pleurent. Privés de parents, ils arrivent ici et peuplent et pleurent encore et encore. Moi, je ne pleure plus. Par contre j'ai la gueule triste. Je l'ai vu dans le miroir du couloir qui mène à l'escalier pour se rendre aux chambres.

Ce soir, c'est Francine qui nous veille. Encore aujourd'hui, elle reste un fantasme, une buée légère sur les yeux, une odeur de sueur et de parfum mêlée de cendre. Je referme mon livre et sors du dessous du lit. Je m'y glisse et son baiser sur mon front, remontant le drap m'invite à me précipiter aux songes. Plus tard, elle m'embrassera sur les lèvres, la veille de mon grand départ pour la ville, lors de mes 10 ans.

Mes nuits sous veilleuses n'avaient pas l'atmosphère d'un cocon familial avec cette odeur bien distincte de l'amour qui flotte dans l'air ou le bruit de la vie de famille et même des engueulades. J'en ai raté des trucs. Le plus souvent, enfant, mes nuits étaient courtes, je voulais partir, tout le temps. Dormir, c'est rêver, moi je voulais vivre. Dehors.

J'ai encore souvenir des cris des cauchemars des mômes sur le palier de mon lit. Mes propres cauchemars ont commencé bien plus tard. Enfant, je ne faisais que rêver. C'est adulte que j'ai appris à flipper.

Je fais mine de devoir aller pisser et je me faufile dans les couloirs et l'escalier pour, tremblant sous un peu de flotte, fumer mon clope. Francine valide en ne disant rien.

Encore aujourd'hui, j'ai le goût un peu huileux de son rouge à lèvres, la nostalgie de son odeur délicieuse et surtout, ses boucles de cheveux et son souffle de Maman dans les oreilles. J'étais enfant sans parents. J'avais besoin de devenir. De devenir, même avec peu de souffle dans les oreilles. Des chuchotements.

À 50 ans, je continue à vouloir faire mon tiers âge au sort. Je ne veux pas être sérieux plus que ça.

À la différence de l'eau, la tristesse et la colère ne s'évaporent pas.

Bas-fond sans défense

Au vent du soir, j'ai dans les écoutilles les blessures de la journée. Une lame de fer dans le gosier fredonne le goût du sang. Sur les vitres oculaires cernées de fatigue, une mouche s'alourdit comme repue par de cadavériques repas. Une fois de plus, j'ai pris cher. Après ma semaine intérim bien payée à faire des boulots que personne n'imaginerait, je me suis saoulé la gueule dans un bar qui a sans doute dû me jarreter pour aller m'échouer dans un autre qui a dû faire de même et *bis repetita*. En chemin pour nulle part, en mode automatique j'ai dû croiser pas mal de dealers de mort. J'ai croqué à toutes les pommes qui se présentaient. Je ne voyais pas que je tombais si bas. Sûr qu'ici, on ne fait que tomber. Dans les bas-fonds, sans défense. À coups d'aiguilles, à coup de sniffs, à coup de trépas ignorés, chuchotant nos peurs au moindre bruit de pas. J'arrive tout de même à un peu garder raison. La peur, c'est pour les morts futures. Je souris à la misère tel le clown crispant. Même si j'ai la glotte qui se serre et le nez sanglant. Je vois Vercingétorix gérer la circulation, avec ses bacchantes impeccables, dans les souterrains de La Défense. Les Clochards défoncés regagnent péniblement, en rampant, leurs pénates. Les moins effrayés titubent leurs scandales. Ça pue la pisse partout. Au vent du soir, qui s'engouffre dans les dortoirs de l'inconnu, j'aime la souillure de cette non-vie. Son côté sombre. J'ai appris. J'ai vu la mort prochaine en face. Plus rien ne me fait peur. Pas même Dieu. Je cadavérise entre les cartons souillés et les mousses puantes des matelas éventrés. Je voudrais dormir mais les peurs m'assaillent. Parfois on ne ressort pas des champs de ruine de la vie. Mais je suis venu pour voir Sophie, la plus sexy des rachitiques toxicos du Tout-Paris. Mais elle n'est pas là. Elle n'y sera plus jamais. Un vigile l'a retrouvée crevée. Pas même avec une aiguille plantée. Juste les yeux grands ouverts et de larges marques bleues sur son cou déjà froid. Pour la première fois j'ai vu ce vigile chialer pour une clocharde héroïnomane. D'habitude, il nous chasse. Je me ressaisis comme après avoir pris un jet de douche d'eau glacée dans la gueule et le reste. J'ai The Cure dans la tête. Elle adorait ce groupe. Moi aussi. Je renifle mon sel sincère avant qu'il ne coule et avale ma morve. Je me leste de mon sac pour laisser derrière moi, à tout jamais, les souterrains des comptants pour rien pour m'en aller marcher, loin, très loin de ces lieux de douleurs et de crasses humaines. J'ai besoin de civilisation.

La balançoire

Il a aussi un autre de ces rêves récurrents lorsque j'ai le temps pour dormir. Quitter l'apesanteur, ce pesant de la vie. Voir le monde en bascule. Retrouver les éclats de rire d'une enfance que je n'ai qu'à peine frôlée. Sentir l'air en vent frais. Essayer d'aller le plus haut possible et souvent vouloir tout lâcher. Partir en avant et se fracasser le nez sur la terre vive. Sale gosse que j'étais. Il me faut si peu de chose pour repartir en enfance. Même quelque peu secoués, les souvenirs d'antan sont pugnaces. J'aime me souvenir de mon premier clope, les odeurs de bouses des vaches, mes « meuh » d'amour. Le parfum des herbes des prés. Les croassements rauques des corbeaux quand il en restait. Le prunier qui donnait plus de chiasses que de fruits. Nos rires et nos blessures. Ma profonde solitude. Mes araignées. La toujours vieille ânesse. Ma première gueule de bois et l'envie crasse d'y revenir. Le regard absent de mon frère aîné. Mes fugues. L'encadrement éducatif salaud souvent. Parfois doux. Rarement. Les copains qui se font famille. Le soleil qui cogne peu en ces lieux encerclés par les règles et le règlement. Le bruit des bottes dans la neige épaisse au petit matin sur le chemin de l'école en un autre foyer tout autant réglementé. Le parfum âcre et brun du tabac du fermier qui m'apprenait la traite. Mes cascades dans les arbres. Le terrain de tennis sans filet tout de béton envahi par la mousse. Me retourner. Me balancer. Mordre le cul de ce ciel de rage sur cette balançoire aux cordes lâches. Oui. Je voulais déjà partir vers les cieux définitivement.

Casse-cou ? Non. Je voulais respirer les nuages, mêler le bleu de mes yeux avec celui du ciel quand il était clément. Ils ne me voyaient pas triste. Ils ne me voyaient que fugueur. Un petit con sans famille audacieux, bravant leur autorité. Un puni facile. Il y avait quelque chose de sectaire en ce premier foyer. Les soirs, seule Francine, veilleuse de nuit, ma marchande de sable, apaisait mon mal-être d'enfant sans ombre d'un baiser doux sur le front. Aujourd'hui encore, les balançoires me parlent. Le cul de mes deux poumons sur le plastique qui a remplacé le bois me réjouit. Elles sont tout sourire et je suis joie à les voir s'envoyer en l'air en éclat de rire. L'une pousse l'autre et inversement, en toute complicité. C'est d'une simplicité la balançoire. J'y pense donc souvent pour m'endormir quand mes nuits sont complexes. Je me berce. C'était joli à voir quand les filles de mon premier foyer s'y balançaient. On pouvait y voir leurs culottes blanches et leurs sourires tout aussi. Les premiers émois. Nous n'étions qu'enfants. Innocents. Il y aura aussi, beaucoup plus tard, les parcs d'attractions. Mais rien ne remplacera deux bouts de cordes et une planche de bois. Ou un pneu aussi que j'improviserai, un jour, sous le prunier à chiasse à la grande joie de mes compagnons sous l'ire du personnel éducatif encadrant. J'étais voyou à leurs yeux. « Un danger public ». On ne faisait que s'amuser. La branche pouvait se briser ? Et alors ? On s'en balançait. Oui, encore aujourd'hui, j'aime l'idée, les yeux fermés, de prendre de l'élan et me balancer tellement haut qu'en lâchant prise j'aille regagner les nuages pour, plus après, me fracasser la gueule sur le sol. Et me relever. Ou pas.

Mendicité

Les pieds dans l'eau et la gueule dans le cirage. J'ai l'habitude. Je m'en suis fait raison. Je sais qu'on ne gagne rien sans mise où l'on peut tout perdre. Je ne suis pas Madoff. Je ne mise sur rien et rien n'est mon pari de base. Je n'ai rien à perdre et pourtant je suis dans l'illégal. La mendicité est encore punie par la loi. Voyez comme j'en tremble et m'en branle. Tout est confusion en mes peines. Je tends la main ou adresse un bonjour. Que fais-je de mal ? À part mettre ma fierté dans une poche trouée ou dans mes godasses usées, je claudique et vous insupporte. Je suis le reflet de vos angoisses quand vous êtes sans le sou. Je suis le miroir de vos alouettes qui piaillent tels des banquiers eux-mêmes acculés. Je suis un peu de vos désespoirs sans que vous le sachiez. Je suis le clochard d'en bas qui n'a de cesse d'attendre pour fuir le monde et sur l'épaule de qui un jour vous vous êtes posé. Chagrin. Ricanant. Amoureux. Peureux souvent. Étonné tout le temps. Je suis celui qui vous attire et vous révulse. Ce qui vous atteint ou ne vous touche pas. Je suis là pourtant, tout le temps. À moi seul, je gangrène un bout de quartier. J'y sème mes peines et mes sourires à coup de bonjour de merde comme si on vivait dans un monde merveilleux. Je suis peste et, les bras ouverts, j'attends votre choléra.

En attendant la nuit pour vivre enfin, je dandine sous la pluie fine. « Machin » se pointe et me demande si je n'ai pas la guitare. « Il pleut connard » en guise de réponse.

Cœur à sec, Cœur perdu

Cohabiter avec la nuit et ses méfiances. Ébranler le récit nocturne. La nuit fait peur. Ombre noire et gluante traînant sa mythologie. Je vois ton visage dans les noirs les plus profonds des obscurités de mon existence. J'ai le cœur sec à y penser tellement j'ai la chair au plus près de toi en songe. Je t'aime comme jamais. Ton gloss en souvenir maquille mes yeux en pleurs. Tu es salope de t'en foutre et je suis chaleurs de vouloir te baiser à nouveau. Mais tu es folle. Je n'ai pas le choix. Je dois partir. Et toi fantasme, tu dois déserter. Mais je reviens jusqu'à toi. Sous ma couche, duvet un peu puant, ta bouche se glisse et se fait velours. Mon cœur s'agite et mon dard demande plus vite. Jouir de suite. Tu partiras au petit matin, ton corps inassouvi et la bouche pleine. J'aurai honte de n'avoir pas honoré ton corps.

La solitude n'existe que parce qu'on l'évoque. La solitude c'est de la masturbation cérébrale. Katia, par exemple passait son temps à se caresser, dans sa tente, sous héroïne, à implorer un mec qui la culbute. Mais, pourtant, elle ne voulait personne entre ses cuisses. J'ai glissé ma tête un matin dans le filet à peine ouvert de son chez elle. Une merveilleuse cuisse au dehors de son duvet. Le reste à deviner. Elle bavait de sommeil et de défonce. Son cœur battait sous un t-shirt de nuit sale et quasi en mite. Son cœur battait surtout. Je me suis posé près d'elle parce que j'avais peur de la voir partir. La petite boîte, l'élastique, la « cuille » et ses orteils qui jouaient du piano me rendaient dingue. Elle avait pris au moins deux shoots d'affilée durant la courte nuit tandis que je fumais joints, clopes et, sur le matin, un rail de blanche. L'alcool aussi, bien sûr. Tant que ses orteils jouaient, pour moi, elle était vivante. Réveillée, elle avait nausée sur nausée. Elle gerbait son estomac vide au sortir de la tente, en bruit de déglutitions effroyables. Les miens n'étaient pas mieux. Mais pas ce matin-là. Elle a englouti une bouteille d'eau pour la rendre aussi vite. Sueur, elle était. Elle tremblait comme si elle était faite de ressorts hystériques. Fascinante de beauté électrique. Elle a replongé en sommeil une petite heure. Au réveil, elle a pris ma queue et m'a baisé. Ses cheveux gras, poisseux en tresses balayaient ma gueule. Je câlinais ses jolis petits seins. Je respirais son souffle. Son regard dans le mien, je suis venu. Elle était beauté en des yeux incroyables. En miroir, je me voyais en eux tandis qu'elle se délestait de moi pour s'enquérir de son prochain shoot. Je bandais encore quand elle a enfilé ses fringues. J'ai roulé un clope et dégoupillé une cartouche. Elle s'est barrée sans mot dire. Clope au bec et bière en main, j'ai mis fermeture à la tente. J'avais mal au crâne et une putain d'envie de baiser encore.

Katia est partie sans crier gare. Je suis resté un peu dans le secteur, comme sur les quais. Un peu malheureux d'un train qui ne viendra plus. Elle crèvera d'une overdose du côté de Saint-Michel où elle avait trouvé de quoi se fendre de came et de baise en mode pute.

J'étais triste et larmes quand Valou m'a annoncé la nouvelle. Elle était sa camarade de défonce mais ne se prostituait pas. Je suis resté abasourdi quelque temps jusqu'à ce que la rage me tire de ma tristesse.

Je suis parti, laissant quasi mes affaires. Sauf carnets et livres.

J'ai erré, taquinant chats sauvages et morbidité du cimetière du Montparnasse, au chant du « foutez-moi la paix ». Je voulais rester seul à me branler sur les tombes.

Chaussettes et pompes

Je n'ai plus de courage en ce matin pesant. J'ai besoin de devenir individu et décoller mon étiquette. Ce tatouage sur mon front de cas social, de bas de zone, d'assisté. Après des nuits de merde, j'ai envie de violence contre. Il y a des nuits finies qui te filent des envies d'étrangler le quidam heureux et suant à faire sa merde de footing sur les bords du canal. Le virer dans l'eau et le regarder se perdre dans l'onde. Je suis fiévreux. Je tremble de colère.

Deux migrants sont encore venus pour me foutre une rouste et me voler le peu que j'ai. Je les comprends ces fils de merde. Ils n'ont rien. Mais, de là à me voler le peu que j'ai, avec violence, je n'en peux plus. Ma solidarité a des limites. Ma matraque télescopique, non. Je sais qu'ils sont Afghans en errance, et pour eux, je suis un nanti. Mon sac à dos, mon duvet, mes papiers… Le Graal pour ces miséreux. J'ai la haine. Je sais où les trouver et y foutre le feu mais la police le fait déjà au quotidien à les harceler et les chasser. C'est ainsi que la haine apporte la haine chez les plus miséreux. J'ai la poitrine en feu et les poings de plomb. Il me faut souffler et vider mes larmes. Je crie ma colère comme un dingue dans le petit matin assommant un quelconque mur de briques. J'ai les phalanges en sang, à genoux, me cognant la tête machinalement sur le bâtiment du Collège où des élèves arrivent tout à coup. Je passe pour un fou à leurs yeux. Je me vois en leurs yeux naïfs. Mes jambes me portent alors juste en face, de l'autre côté de la route et, me retournant, claudiquant, je vois une gamine aux yeux noirs se tourner vers moi, me fixant simplement comme si elle comprenait. Je m'alourdis sur le pavé et crie encore à en réveiller tous les tonnerres. Ma gorge est sur le point d'exploser et j'aimerais qu'un couteau vienne la trancher pour que cesse ce son insoutenable. Je tremble comme un enfant, ma nuque se fait brindille. Et ces connasses de mouettes qui braillent. Je palpe, d'une main tremblante ma poitrine. Arrache par mégarde mon pendentif tellement ma main se fait trop nerveuse. D'autres enfants arrivent et j'ai honte. Je baisse la tête et me rends compte que j'ai oublié de remettre chaussettes et pompes.

00 :17

Je n'ai pas envie de dormir. Je n'ai envie de rien. J'ai la tête sourde. Ma nuque me lâche. Je fume clope sur clope et picole un peu. La radio grésille en fond et je m'en fous. Je dois réparer mes lunettes aussi. Avant tout. Une saloperie de hoquet s'installe, morveux inquiétant et persistant. J'en mords les bords de table tellement il me flingue le sphincter. Je repense alors à cette gamine croisée sur les marches froides de marbre du parvis de la Défense. Du haut de ses vingt hivers, elle pleurait un amour perdu. Que n'ai-je pleuré, jadis, quelques bouches délicates. Je me suis assis près d'elle. En ces petites heures désertes, elle aurait pu prendre peur. Mais non. J'ai envie de parler de cette rencontre alors j'ouvre Twitter et j'écris :

Sur les marches froides des escaliers de La Défense et du haut de ses vingt ans, elle pleurait dans un silence froid un amour perdu. L'endroit était quasi désert. Je me suis posé auprès d'elle. Sous les larmes se dessinait à moi une jolie frimousse. Elle a rehaussé ses fines lunettes et dégagé son visage de ses fins et longs cheveux bruns. Elle pleurait un amour perdu m'a-t-elle expliqué. J'ai trouvé les mots pour la faire sourire un peu. C'est elle qui le quittait. Alors à quoi bon en pleurer ? C'est compliqué l'amour. Un chien de l'enfer. Je lui ai parlé un peu de moi. Plus je lui parlais plus je la trouvais belle parce que moins triste. Je m'enfonçais un peu plus dans mes amours d'antan tandis qu'elle retrouvait un peu sourire. Nous avons cheminé un peu ensemble. Elle, un peu moins triste et moi, souriant au ciel sans étoiles du plafond noir de ma future nuit blanche. Une gamine pleurait sur du marbre froid et je m'y suis posé pour boire ses larmes.

Limace

Ce soir, j'ai décidé de me reposer vraiment. Mon squelette est épuisé et transi par la pluie fine et incessante de la journée. Cette flotte invisible qui glace et rend poisseux pour qui ne la supporte que par intermittence. J'ai le crâne lourd aussi. Je dépose mon sac sans m'en soucier plus que ça. Comme à mon habitude, j'ai envie de pleurer mais le ciel bas le fait à ma place en bon plagiaire qu'il est. Je clope et repense à des amours anciennes les joues claquées par un léger vent. Je bouffe mes cheveux trop longs et un autre clochard passe et m'invective. Je lui réponds « à ta santé mec ! ». Il mime un possible combat de boxe et je pouffe de rire. Il s'en va plus fâché encore de sa vie de merde. Durant ce court temps, une limace s'est coltiné une de mes groles. La gauche. Rampante et baveuse, au rythme qui suspend le temps, j'ai l'impression qu'elle veut me bouffer les lacets. Vaste entreprise puisque je la chasse tout en délicatesse d'une chiquenaude. Je dégoupille une cartouche pour en boire une belle moitié et, soufflant mon clope, je me demande ce que peut bien foutre à Paris une limace. Les rats, j'en conviens, mais ce truc de la campagne, non. La fine pluie cesse un peu. J'ai le front qui tombe. La rue est déserte. Le nez vers le ciel sans étoile, je capture les lumières jaunes des fenêtres des appartements bienheureux. Si j'en avais le courage, je lirais un peu mais j'ai besoin de dormir. Sous le porche, peu de lumière et mes yeux ont besoin d'y voir plus clair. Je repense à la limace et me mets en quête de la retrouver. Et nulle part autour de moi, elle est. Comment a-t-elle pu se barrer si vite ? Un gastéropode sans coquille. SDF en somme, comme moi sans mon sac. Je trouve l'idée drôle et enquille mon reste de bière. Je me remémore ma journée en quelques minutes et réalise qu'elle est finalement passée très vite. Et je repense à la limace. Et je suis rire.

Se préserver de la tristesse permanente en restant sourd aux grondements du monde.

Liste non-exhaustive du pouvoir dormir sans fièvre.

Pouvoir dormir sans fièvre et sans inquiétude, ça relève d'un peu de bonheur poussiéreux. Les nuits sans morsures ne sont pas récurrentes. Troquer cauchemars contre doux rêves est une opportunité à saisir sans condition. J'ai encore des matins, en tête, à pleurer de ce peu de bonheur furtif. Le simple fait de dormir en un lit trop grand pour moi. Le café qui coule pendant la douche. La pluie qui ne m'atteint pas. Le froid dont je n'ai cure. Chagriner tout de même un peu parce que je sais que ça ne durera pas. Et puis merde ! Profiter des chaleurs et des doux moments, j'y ai droit aussi. J'aurai le temps de chialer plus tard quand je retrouverai mon bout de trottoir. De toute façon, nulle part, je ne suis bien. Mes nuits ruelles et macadam me collent à la peau. Maso je suis à les aimer au final. Mais que ces pauses sont salvatrices. Elles retapent les os de mon squelette fragile tellement je suis maigre. Et pouvoir, même édenté, un peu sourire. Et chasser le silence de mes discussions solitaires et pouvoir échanger avec quelqu'un autour d'une tasse. Même des banalités, ça me convient. Devoir sortir pour fumer mon clope pour ne pas polluer l'intérieur. Le doux parfum, aussi, du linge propre. Pouvoir aller se coucher sans puer des pieds. Constater ongles non sales ou de doigts moins jaunis par l'excès de tabac. Et puis, s'il y a une bibliothèque ou, plus simplement des livres qui traînent, bouffer le temps, sans inquiétude, à tourner des pages. Se sentir puissamment déconnecté de ma vie de merde. Balayer mes chagrins. Toiser mes craintes quotidiennes. Et avoir le temps de ne plus penser.

Et, aussi, réfléchir au pourquoi de la générosité de l'accueil. Un clochard chez toi ? Je pourrais, ici, faire la liste des portes ouvertes et des lits offerts. Mais, bien souvent, la générosité et la solidarité demandent un peu de discrétion. Aider mais ne pas le dire. Comme pour cacher une certaine pitié. Ce qui est compréhensible, ai-je appris avec le temps. Moi-même, dans la rue, je fais preuve de dureté face, parfois, à l'indicible. Je sais seulement qu'avec le temps je deviens un peu plus sage avec le monde tout autour même si je cultive encore et toujours mon autodestruction, cette lâcheté à petit feu des douleurs de ma vie.

J'ai au cœur cette nuit parfaite, ou devrais-je plutôt parler de sommeil parfait, où mille rêves m'ont assailli comme par besoin inconscient de rattraper le retard et faire la nique à toutes ces nuits de cauchemars. Rêver de mes deux poumons sans vaciller et sans vertige. Faire l'amour, ou baiser, en entendant de la musique. Flotter parmi des paysages amis sans crainte. Et prendre le temps au doux matin, éveillé mais les yeux encore clos, de laisser les souvenirs de cette nuit sans morsures me faire pleurer de bonheur. Et souiller un peu les draps au passage.

Et puis, aussi, quand on est à l'abri, ce plaisir à la con de pouvoir tirer les rideaux ou fermer des volets. Non pas pour se protéger des regards mais pour se sentir en intimité. L'extérieur ne me fait plus peur depuis longtemps. Mais là, c'est juste comme pour resserrer la toile du cocon dans lequel je baigne. Et ressentir l'atmosphère sécurisée. Chasser ma parano qui reviendra, plus tard, à nouveau dans la rue, au galop. En jouir en silence à écouter mes simples et uniques propres bruits. Entendre mon cœur qui bat et mes souffles apaisés.

Apaisée, justement, la journée passe sans encombre dans l'attente de ma future nuit sereine au creux des bras de Nyx. Je la fais attendre à contempler sur le pas d'une porte un ciel noir un peu chaotique et sans étoiles, et pour cause, les lumières de la ville dont je rejoindrai bientôt les trottoirs, éteignent les lumières célestes. Je n'accuse aucune fatigue même si j'ai fait mille choses en traînant mon ennui toute la journée. Seules les nuits m'affûtent.

Je traîne un peu à l'idée que je vais encore pouvoir dormir sans fièvre.

Unus sine alio (l'un sans l'autre)

Certaines nuits, je suis tellement triste que je crois que c'est moi qui, en une autre vie et en des temps lointains, ai donné naissance au Gange. J'aime l'idée en tout cas d'avoir pleuré tellement pour nourrir ce fleuve immense. Mais m'y baigner en ses eaux dégueulasses, trop peu pour moi.

Mon rapport à l'eau m'est rassurant. Depuis tout enfant, les flaques d'eau, ensuite les rivières et les étangs. Pour un jour envier l'idée de devenir navigateur et voir plus loin. Tutoyer l'horizon. Je préfère l'idée de savoir naviguer à l'idée de savoir nager. Mais l'un ne va pas sans l'autre. *Unus sine alio*. Pourquoi rêver d'océan quand on peut aisément se réjouir de la simple flaque d'eau à bout de pied ou encore de ces rigoles de trottoirs qui invitent le bateau en papier ? Je suis modeste explorateur des eaux lointaines. Mais rien n'empêche l'imagination de parcourir mille mondes et, tout cela, sans fortune. À part les rêves. Puisque finalement, le peu de mes nuits ne s'y oppose.

J'aime tanguer au bord du Canal Saint-Martin, ou en autres eaux. Ivre de joie et de tristesse. La situation oblige. Les bateaux à quai me font envie et j'aime en caresser les cordes autour des bittes. D'amarrage s'entend. Quand on se pose assez longtemps, sur les quais, de nuit, c'est plus le pavé du sol qui se balance que l'ennui des bateaux ou péniches immobiles qui feraient mon bonheur.

Je me souviens d'Elle, superbe en joli maillot de plage, s'avançant dans une mer froide des côtes du Nord et en ressentant les frissons glacés. Il faut dire qu'on était en février ce matin-là. L'écume faisait de la truffe de mon chien un personnage incertain d'un conte d'après Noël et je la regardais, de plus en plus au loin, ne pas se noyer. Elle était heureuse. En eau froide, mais heureuse. Mon ami canin continuait à sniffer l'écume. Cette femme me fascinait en cette fin de nuit plongeante.

Le soleil couché, nous sommes allés à la rencontre de pêcheurs, sur les pontons de Calais. Un connard a invectivé mon chien. Je l'ai invité à bien fermer sa gueule. En quoi mon ami à poil gênerait son envie de foutre en l'air la vie d'un ami écaille ? Un peu plus loin sur le ponton, la vue qui s'offrait à nous était merveille. Nous étions seuls et j'avais eu envie d'Elle. Il y a des moments qu'il faudrait saisir. Mais l'idée de baiser face et avec le chien, trop peu pour moi. Le ponton de la place des vieux désirs…

Nuit de Noël

Le vent chante par intermittence dans les interstices des portes branlantes en ce froid d'hiver. Je chausse ma capuche, refais mes lacets. Mes pas sur vos chaussées humides me renvoient les lumières de vos néons de Noël décoratifs et futiles tandis que vous dormez. Le sommeil ne veut pas de moi alors il faut que je me fatigue. Alors marcher. Contenir ma tristesse colérique en ce foutu soir de Noël. Cheminant, il me revient ce roman, *L'Orange de Noël* de Michel Peyramaure, une histoire de paysannerie touchante que la bibliothèque, au Foyer, avait en stock. Et puis, du même auteur, c'est drôle, au regard de ma situation, *Paradis entre quatre murs*. Mes souvenirs sont empreints de sourires narquois.

Je chemine donc, mes bouffées de clope se mélangeant à mes souffles hivernaux, le haut de ma capuche me vrillant le haut du front. Malgré le froid, je perle de sueur. Mon cœur bat à un rythme inattendu. Trop pressé et oppressant. Mon je-m'en-foutisme éternel et bien ancré en fait fi. La suite me donnera tort.

J'ai besoin de me délester mais cette fois, assis sur cuvette. Moins je mange plus je chie. Avec douleur. Cuvette dégueulasse s'offre à moi et je fais l'effort d'y chier. La crasse du monde de la rue participe à ma déraison. Suspendu au-dessus des merdes des autres sans y poser mon cul, je chiasse tout en restant attentif aux graffitis et autres slogans tagués dans la sanisette. Le bilan déposé, je regarde ma gueule dans le miroir déformant des lieux. Et j'ai pitié de moi.

Un son lointain d'une chanson de Noël me vrille l'esprit. Je me pose pour pleurer un peu juste ce qu'il faut pour ne pas crier ma colère. Il est entendu que rien de religieux ne m'affecte. Mais, passer un moment de merde à se faire chier en famille, j'aurais bien aimé. Ne serait-ce que pour picoler un peu au passage.

Et puis, en ces temps opportuns douloureux, se souvenir des fêtes malheureuses et avoir envie de cramer. Et puis se souvenir un peu des belles choses, celles qu'on n'a pas vues parce que les yeux embués et le cerveau surpeuplé de tristesse. Comme cette nuit où je me suis promis de ne pas me foutre en l'air une fois de plus. Je suis alors allé non loin de chez Elle pour pleurer au milieu de la boue des escaliers qui descendait vers son boulevard. Et puis un homme est venu avec son chapeau à la con. Un Clochard de Noël. Bonnet rouge et blanc avec les étoiles de merde qui clignote et son sourire édenté. La gueule du Père Noël. C'était un Clochard, Domi, qui avait ici ses habitudes. Il mourra quelques années plus tard dans une certaine indifférence et, avec le recul, peut-être un peu de la mienne, mais si j'avais su… À ce moment-là on a bu plus que de raison et ses yeux scintillaient plus que les étoiles à la con qui clignotaient sur son bonnet. Il m'a parlé de sa femme morte, de son fils militaire et de sa fille mariée à un con. Il avait des petits-enfants ? La réponse a été d'une violence incroyable. Oui, mais pas le droit de les voir. Sans plus. À ce moment, tu ravales ta salive et tu fais diversion. J'ai vu en ses yeux la détresse. On a fumé clope sur clope et le petit matin gelé a déboulé. On s'est quittés sur la promesse de se revoir, il est parti vers sa boulangerie et moi je suis resté seul comme un con, les groles dans la boue gelée, caressant l'espoir de voir mes deux poumons un jour de Noël.

Domi est mort à l'hôpital non loin de son chez lui natal. Sa sœur, sa seule famille encore en vie, ne savait pas qu'il était SDF, sans-abri, à bout et dévasté. Elle a tout fait pour lui rendre hommage.

J'ai pu voir mes deux poumons avec la boule au ventre mais sans rien dire. Ma tristesse était palpable pourtant. Mais cette sacrée vie fait que…

Elles jouaient avec insouciance, j'en pleurais à l'intérieur.

Elle, trop occupée à tout et rien ne voyait pas mon chagrin. Puisqu'elle ne m'aimait plus, à quoi bon ? Je lui ai souhaité cette merde de joyeux Noël en retard et suis reparti sur trottoirs et routes verglacées de saison. J'aurais aimé qu'elle me retienne, juste pour pouvoir un peu pleurer en ses bras. Elle aurait été ma magie de Noël.

Songer à l'écrire tout ce mauvais monde.

Pouvoir s'allonger sereinement pour oublier l'amplitude des chagrins. Au doux oreiller reposer les oreilles, celles qui saignent de n'être entendues et laisser le cœur s'endormir. Ne plus penser. Chasser les voix qui contraignent. S'appesantir un moment. Taquiner la lune à dos de dragon. Respirer en un souffle chaud et rond. Un peu comme en lévitation. Légère et doucereuse. Chasser les nuits blanches à n'en plus finir. Sentir son propre souffle qui ne laisse aucun répit aux vacarmes de la vie et se blottir comme un enfant en un duvet recroquevillant. Rêver de lèvres du besoin d'un baiser. Forcer marges et fol esprits et le tremblant corps de toujours fièvre, de spasmes et le cerveau plein de mélancolie.

Se jouer de la tristesse. Partir dans le vide. Être son propre témoin d'un monde qui tourne d'absence de soi. Respirer le peu de lumière et rêver tout haut. Sourire au petit garçon isolé en sa campagne. Respirer avec lui les odeurs des prés et se griffer aux barbelés qui les entourent. Redevenir ce môme isolé. Laisser se dessiner l'imaginaire pour se laisser porter. Peindre le nocturne de mille éclats. Laisser pourrir la poussière et pleurer un peu, en sommeil pour, au petit matin, se décoller les yeux, le front perlant des sueurs de la vie. Aiguiser son instinct pour polir les colères. Respirer un peu mieux que nul autre. Chasser la détresse au galop en tressant sa crinière. Honnir trop de pensées merveilleuses et inaccessibles, trop onéreuses pour se mentir un peu. Songer à l'écrire tout ce mauvais monde quand les sirènes, au loin, abrutissent. Et puis elles. Multiples. Le monde est fait d'elles. Sans cesse. Éprouvantes et singulières. Captivantes et innommables. Fabuleuses et toujours novatrices. Bienvenue en leurs matrices. Incalculables et sans défaut fossoyeuses amères et douces d'aigreur. Salopes qui ne disent pas leurs noms. Garces de Pythies qui te font t'animer en figures obsolètes, évanescentes fumées de vie. Et s'écrier, au demi-sommeil : Mais de qui parle-t-on ? Et s'entendre, l'écho du cri fondu, répliquer : les misères.

Prendre plume pour ne plus songer mais l'écrire tout ce mauvais monde.

Les ruelles exiguës

J'aime m'y perdre en ces ruelles qui se cachent plus qu'elles ne se dissimulent. La journée, elles sont d'activités calmes. Le soir venant, elles invitent à se poser. La nuit venue, les ombres qui y dansent invitent à oublier. Les lumières jaunes tamisées par la verdure, le tronc et la flore qui s'agrippe apportent printemps en toute saison. Souvent pavé, sur le sol, le pas devient doux. Presque feutré. Lisse. J'aime en certaines de ces ruelles, les murs de pierres usées, rongés par le lierre persistant et lacérant. Et le peu de poussière sur le sol qui ne salit pas le cul. On peut s'y perdre sans prendre peur. Comme en des arrière-cours. En des coulisses oubliées de la ville.

J'aime y flâner, souvent un peu ivre, détricotant ma journée, la gueule en sourire et même parfois fier de ma solitude. Une odeur soudaine me happe en enfance avec ces parfums de linge propre et cotonneux qui me piquent les yeux. Du linge qui sèche à la fenêtre.

Un petit enfoncement me convient. Je m'y blottis. Durant un moment je sieste, somnolant, durant quelques dizaines de minutes. J'entends les feulements au loin. Je sais que j'aurai des compagnons cette nuit. Mes alertes. Les chats du quartier.

La mousse sur les joints est sèche. Les pavés me semblent doux. Même si je sais que demain j'aurai le dos cassé, je déploie ma literie, mon duvet. Le sac pour oreiller. Le nez dans le ciel, quelques branches d'un cerisier en fin de vie s'agitent au-dessus de moi. Je distingue quelques étoiles. Les matous continuent leur ronde. Je suis engoulevent au milieu de Félidés.

Comme j'ai besoin de récupérer en un calme relatif, ces ruelles me plaisent à appréhender. Je m'y fais invisible, inodore, captif rebelle d'une vie dehors. Et puis, s'il est possible, apprécier le lieu, en sourire au ciel de nuit et taquiner les étoiles à nouveau.

Le matin arrivant avec mes courbatures, le frais de l'air active le réveil. J'ai la gaule. Et l'envie de pisser. Ça s'annule.

J'aimerais rester à lire, écrire ou à songer. Là. Tout le temps. Dans ces ruelles intemporelles qui dessinent sous mes yeux de nuit un cocon à en gausser dans mon duvet pour, au petit matin, me réveiller nouveau papillon.

Vomissures

Les abus du jour se payent de nuit. J'en pleurais de douleur. La poitrine éclatée, la trachée en feu. Des bruits de rots assourdissants qui faisaient trembler les murs. Vomir le ventre vide invite à vouloir mourir tant la violence te prend de partout. Pleurer sans cesse mais sans chagrin. Juste de douleurs physiques. À quatre pattes sur le trottoir dans une nuit noire qui me confie les clés d'une certaine intimité à crever au ras du sol. Même quand j'ai tout vidé, telle une bête qui veut sortir, mon ventre et ma poitrine explosent. Le peu de dents qu'il me reste se serre et je les sens prêtes à partir. Ça ajoute à ma douleur. Une fois passées ces satanées minutes Méphisto, je me pose, suant et puant de gerbe. Une honte m'assaille et d'autres larmes coulent. J'ai conscience que je suis tailladé de toute part à l'intérieur, un peu comme quand on se scarifie *in corpore*.

Je réfléchis à demain. Je ne vais pas tenir longtemps à ce rythme. Alors je vise une mire.

Mes deux poumons s'invitent en avant mais ça ajoute de la tristesse à ma détresse émotionnelle. Alors je pleure mais ne vomis plus. Mon souffle se pose, mon acuité visuelle se fait moins floue et m'invite à redécouvrir mon bout de trottoir. Les lumières jaunes, le vent dans les échafaudages mal emballés qui tanguent aux sons à la fois métalliques et de souffle où résonnent au loin les quelques pas de rentrées nocturnes. Je suspends le temps alors qu'encore je chasse ma détresse et me roule un clope. Aux fenêtres entrouvertes et illuminées de l'immeuble en face, des silhouettes dansent.

J'entends leur brouhaha de musique, de discussions alcoolisées et je souris, une main en compresse sur le ventre. Fiévreusement assis, je me remémore une visite dans une ferme, quand j'étais môme. Il y avait ces merveilleux porcs et truies en leur enclos. On avait le droit de leur donner à bouffer et ce faisant, ils poussaient des cris, des grouinements qui ressemblent étrangement à ce que mon gosier éructe quand je suis malade. Une nuit, chez un amigo, dans le Bordelais, je l'ai vu pleurer de détresse face à la mienne. Il ne pouvait rien faire. Il fallait juste que ça passe. Une autre fois, aussi, à Quimper, toujours chez des amis, trois jours à gerber le vide en des éructations d'une sonorité à péter des tympans. J'étais au sous-sol de la maison, ça atténuait. Malgré tout ça, j'en revenais à la dive bouteille, saloperie de maîtresse fidèle. Le diable se cache en mes alcools. L'enfer est un bar.

Il m'est arrivé de calmer mes ardeurs alcooliques, ne serait-ce que la veille de ma visite chez mes deux poumons. Arriver présentable pour éviter le regard hautain de jugement de la génitrice. À mon grand dam. La nuit qui précède, je dors très peu et mal. Anxieux. Inquiet. Excité à l'idée de voir mes gamines. Et triste par avance de savoir que ce ne sera que pour quelques courtes heures. Laquelle des deux sera triste à mon départ ? Je calcule la possibilité de faire plaisir par un présent. Même si, dans l'absolu, ma présence devrait suffire. Je me sens père indigne souvent. Il me faut chasser cette vision. J'appréhende l'accueil froid de la maman et cette maison tout aussi froide, sans couleur et de maigre personnalité. Je passe le reste de la nuit, tremblant un peu de froid à fumer clope sur clope. Au petit matin, les yeux coulant sur mes joues, je vais prendre les transports pour me nourrir de la fraîcheur de mes deux poumons. Triste, par avance, de mon départ en fin de journée.

Écrivaillon

Écrivaillon de nuit, j'écris pour meubler le vide et fuir la masse. Cette foule qui oppresse et dont je ne suis plus le contemporain. Je ris des grossièretés éructées par mes semblables tout en en étant détaché. Je fulmine avec eux et respire leurs pets nauséeux au son de leurs rôts dégueulasses et j'en ris malgré moi puisque je suis comme eux. Un ramassis de clochards défoncés, sans repères et, somme toute, pour tous au final, des malheureux. Les pestiférés d'un monde qui les ignore ou ne veut pas les voir. Je me gratte la nuque sous mes cheveux longs craignant une attaque de poux. Ma crinière est propre depuis deux ou trois jours. Mon estomac gronde l'enfer d'un côlon orphelin. Ma bouche est acide de glaires pauvres. Je sais que je vais vomir bientôt. Il me faut trouver l'horizon puisque tout est lié. M'y mettre au rythme de la planète puisqu'elle tourne sur elle-même et moi je suis le clochard dessus. Alors je me lève et j'avance. Rien à foutre, à cette heure noire de la nuit, point de tumulte, j'avance, tanguant, presque titubant mais en accélérant ma course, à presque demi-souffle, je sens le sol sous moi courir en même temps. Sur mon front mes cheveux se collent à coup de sueur en laque naturelle. Je cours comme un dératé et au bout de quelques minutes, les poumons dans le dos tels des ailes je pourrais voler tellement je suis parti. Je sens l'air qui me supporte et puis tout à coup, un courant électrique dans la tête, le cerveau qui sort de sa boîte et tout à coup, baveux, je sais mes genoux qui se posent en un ralenti. Je sens le pavé qui accueille ma fatigue. Je tombe et je les entends claquer sur le sol avec fracas que je ne ressens pas, encore baveux des lèvres. Au sol, mi-clos de tout sens me reviennent les fourrages de mon enfance dure. Je me prends en pleine gueule un champ de blé. Je me culbute le crâne sur le dos d'une vache insensible que je caresse au passage. Distinctement je me souviens d'elle et puis une étincelle en mon crâne susurre le bruit de la mer de Calais et au loin les cris de goélands et du littoral des pêcheurs de nuits sur des pontons maritimes. En ma tête, je ne contrôle plus rien. Je suis tombé, inconscient, en pleine rue à Paris mais dans ma tête je suis où je veux. Défoncé jour et nuit, je suis partout en mes souvenirs. Il suffit d'une allumette et je pars. C'est dangereux mais tellement jouissif. Je suis le vent et la tempête, je suis feu mais pas trop, je suis fièvre comme à l'accoutumée, je suis pleurs avec sourire et j'invoque le droit à mourir ce soir en riant de moi-même. Et puis je pense qu'il me faut écrire tout ça. Cette journée. Pourquoi pas. Du très trop matin, alors qu'il fait nuit encore, aux baves et pisses sur les bords des quais, en une journée enlevée. Le tout sans dormir. Combien de temps puis-je tenir à ce rythme ? Une éternité puisque le but est de l'écrire. En attente de le graver. Il me faut rouler un clope.

Il reste encore un peu de temps avant le jour. Avant la vie. La vraie. Celle délavée de la nuit. Celle des autres qui n'existent pas mais qui m'invitent à me draper. Une vache meugle et je reviens à moi. J'ai soif.

Aucune vache à Paris donc je reviens à moi et frénétiquement, je prends mon carnet et j'écris. Je suis parti loin. Longtemps, plus de trois heures en délire sur un bout de trottoir. Je cherche du regard une vache, même en symbole. J'aimerais tellement. Faire durer mon délire. Je sais que je suis fou à ce moment-là et c'est jouissif voire dingue.

Il est des pierres, des cailloux, sur lesquels on trébuche et s'y écorcher les genoux n'a rien de trop grave tant les petites blessures nous apparaissent dérisoires.

Les rues imaginaires

Souvent, en rêve, je marche, toujours de nuit. J'arpente alors des rues imaginaires aux couleurs sombres chassant les rats à coup de sandales. Étourdi par l'air vicié d'une ville qui dort, mon regard décline à la lueur de ses néons. Je suis ombre mouvante en un pays incertain. Mes oreilles sont sourdes à mes propres bruits de pas. Je ne suis plus sueur en ces moments-là. Mais à l'intérieur la tristesse est profonde. Que veux-tu ? Que je m'effondre ? J'ai l'âge de faire des conneries quitte à les revendiquer. Vent debout face à l'adversité. J'aime mes querelles intestines, de belles salopes qui s'offrent à moi alors que je ne demande rien. S'immiscer. Ô comme ce verbe !

Un chien plus noir que la nuit ôte son chapeau et me salue. Je crois que je suis assez défoncé. Le reste peut attendre. Viens petit matin que je te mate. Et puis, je suis fou d'elle. Je sais que je rêve aux petites heures. Dormir, c'est moins pleurer. Alors je me défonce pour sombrer. J'invoque la déesse cicatrice et son armée de sutures.

Au hasard d'un carrefour, le non-rond-point de retour, il y a toujours cet homme sans visage et sa canne qui clique le sol. Voire le râpe quand il se veut de morgue. Les insultes fusent à son encontre. Je sais que je crie dans le vide mais c'est plus fort que moi.

Le bout de la rue débouche sur un précipice. Inexorablement. Pourtant je m'y rends de manière crétine. De nuit, comme éveillé, j'ai appris le vertige. Je sais que le gouffre qui m'attend est d'un noir si inouï, mais j'ose m'y pencher. Y tomber m'invitera à un réveil non sans douleur. Ai-je conscience que je sommeille et que tout ça n'est que rêve ? Pourtant, ces rues imaginaires me sont si familières.

Feulements de nuit

À me masquer des mains en journée, qu'il est plaisant, le soir venu, de faire fi de la gueule que j'ai. En sombre et lumières de rue, les nuances invitent à cacher les misères. Le jour, quand tu vis dans la rue, l'essentiel est d'avoir dessous de bras, bite, cul et pieds propres. Même les fringues tu t'en fous. Oui. À se masquer des mains la nuit démasque par la force des choses. Tout devient beau aux regards en demi-teinte, voire aveuglés.

J'ai convoqué une nuit, au lourd soir, cet inconnu qu'est DIEU et sa philosophie de merde. Mon cœur venait de lâcher et se transformait en parpaing trop lourd pour moi. Je lâchais ma vie et sa raison. Je voulais pleurer de souffrance mais n'en avais plus les armes. Les larmes avaient trop coulé au préalable. Je m'attendais à mourir et quelque part j'étais soulagé. J'étais individualiste plus que je ne pouvais être d'argile face à la fin que je souhaitais parce que loin des mondes. Rien ne m'appartenait, rien ne me faisait office de quoi que ce soit. Que reste-t-il sinon le rien à part ces putains de rêves et les cauchemars que je caresse le peu que je dors. Je m'intoxique les poumons et tousse, des réglisses dans la cage thoracique et picole encore un peu. Je t'aime putain de vie que j'attaque au couteau. La nuit m'appartient et je pleure comme couine le renard ou le chat sauvage perdu, laissés à eux-mêmes là où leurs pas les mènent. Un souffle pousse en mon dos, comme des ailes non invitées. Je me sens me casser la gueule. Je peux distinguer les ratures du sol au millimètre carré en géomètre de la nullité de ma vie. Le cafard de mon esprit et mes doigts tremblants et froids indiquent à mon cerveau l'urgence de me poser. Je passe outre. J'ai encore de quoi faire l'amour à la nuit. Baiser les étoiles et à ma façon les agencer. Je m'allonge sur la pierre et je sais le rouquin au loin. J'entends les feulements de ces bavards de chats sauvages aux griffes acérées. Scrutant le ciel, étourdi sur un banc de pierre, une étoile brille plus que l'autre tandis que je lâche un bout de pain sur le sol. Il y a le vent dans les arbres et le silence des morts qui m'accompagnent. Je sais le renard avide mais docile. J'ai la gueule plongée dans un ciel ouvert. Les chats sauvages font la gueule.

Le goupil est passé comme au ralenti. Le froid de la pierre du banc sous mon cul posé et le souffle du vent dans les arbres m'invitent à me secouer. C'est l'heure de fermeture des lieux. Me planquer. Attendre un peu. Et dormir. Dans le calme des feulements et des ombres du cimetière du Montparnasse.

« Putain de Poésie ! »

J'ai osé l'écrire : « Putain de Poésie ! »... Je sais, je suis un rebelle violent sous la plume. Quand la littérature me croise, elle se sauve. J'écris comme qui peut...

Morsures de nuit, flottements de jour

J'ai pris cher hier soir. Beaucoup trop d'alcool et de fumée. Je n'ai pas su lutter contre les invitations. Aux âmes faibles la gueule de bois.

Il s'est pointé vers 20 heures me proposant un apéro au bord du canal. Pourquoi pas. La rue était vide de toute façon. J'avais menue monnaie en poche, du tabac et j'avais grignoté un peu. Au bord de l'eau, un peu puante, bières et joints tournaient en toute insouciance. J'avais déjà un peu picolé. J'étais d'âme joyeuse et je l'aimais bien ce voisin même si tout tournait, dans sa bouche, autour du cul. J'avais beau lui dire que pour moi c'était la place des vieux souvenirs, ce qui le faisait rire, rien n'y faisait. Le genre de mec qui, sur un parcours de Golf, baiserait la Terre entière puisqu'un trou et un peu de pelouse autour, j'enfonce. Et puis, par grappe de deux ou trois de ses amis ou connaissances, nous fûmes vite une bonne dizaine de viandes secouées à refaire le monde, le tout en une banalité affligeante. Comme à l'accoutumée, je restai un peu en retrait. Rien à foutre de la politique, du monde qui va mal et de leurs soucis de pertes ou gains d'argent. Avec ma gueule cassée, personne ne me faisait chier.

Il était le maître de cérémonie orgiaque. Je souriais à ses baratins. Il se savait beau gosse et faisait chauffer la carte comme un gros con qui regrettera le lendemain l'œil jeté sur son compte en banque. 23 heures arrive vite et tout le monde est d'accord, sauf moi, pour aller se vautrer en son studio. Une dizaine de personnes dans 25 m^2 ne me motive pas. Je bredouille une excuse à la con pour ne pas suivre le troupeau. Il fait la gueule. Les remarques à la con fusent alors. Je lui remettrais bien la gueule en face mais mon esprit est ailleurs. Je suis un peu bourré mais pas assez pour agir comme un con et le regretter ensuite. Je salue l'assemblée et, un peu titubant tout de même, regagne mon bout de trottoir. Attendre passé minuit pour m'engouffrer dans la cave et y essayer de dormir. Et puis il me reste du pop-corn pour la souris, maîtresse des lieux.

Tandis que je devise avec personne, pas même avec moi, elle déboule, bien éméchée et pose son cul épaule contre épaule. Je ris quand nos têtes se cognent et qu'elle me demande si elle peut rester un peu avec moi. Fais-toi plaisir ma belle, la rue appartient à tout le monde. Elle se moque de ma radio qui grésille. C'est ringard. Oui, c'est sans doute le cas mais je t'emmerde. Elle part en éclatante dentition bruyante. On peut être jolie et avoir un surprenant rire brisant.

Comme à l'accoutumée, j'ai droit aux questions à la con. Qui je suis. D'où je viens. Pourquoi je suis là. Réponse à la con à questions tout autant : Je suis, je viens de loin, je vis là. Sa moue perplexe me fait sourire. Je la trouve belle cette moue. Je lui explique que je suis SDF, qu'ici c'est mon bout de trottoir et que je n'ai pour horizon que ce qui ne m'empêche à rien. Tout en riant, elle m'avoue qu'elle n'a rien compris à la fin en me proposant le joint. La rue est vide, même les terrasses. Tout autour, les rideaux baissent. Enfin. Quelques murmures des appartements tout au plus viennent à mes oreilles. Elle me tend un gobelet et y sert une très large vodka. Elle tremble un peu. Ses mains tremblent un peu. Et ce n'est pas de froid puisque la nuit est douce.

J'ai besoin de pisser et, au regard de l'heure tardive, entre deux voitures, c'est parfait. Elle fera de même peu après, un peu honteuse. J'en souris. Et puis, chauffé un peu par l'alcool et le joint, je descends à la cave pour en remonter la guitare. Elle est joie. On se rasade de vodka et de bière. Elle habite non loin et m'y invite. Je refuse. Trop jolie et bien trop éméchée. Je lui explique mon refus par le « demain, tu regretteras. » Elle boude. Je la trouve encore plus attirante et tire sur le joint.

Elle veut visiter la cave. Je lui réponds souris et rats. Elle veut comprendre ma détresse, je lui réponds « morsures » et « flottements ». Ses yeux du noir des filles du Maghreb m'envoûtent, aidés par les lueurs sourdes du lampadaire au loin. Dieu que cette femme est divine. Et morsure.

Elle insiste pour que l'on aille au bord du canal « se finir ». Je flotte.

Elle finit par vomir sa mauvaise boisson et je la raccompagne jusqu'au pas de chez elle. Tu es gentil vampire. Entre.

Je tourne dos à la porte et enfile les rampes d'escaliers sans regard retourné. Pas envie de mordre.

Je flotte, il pleut sur mon bout de trottoir.

Morsures cette nuit et flottements demain.

D'endothermie et d'encre

Écrire pour guérir. Me défaire de mes nuits en pays d'insomnie. Tuer le temps nocturne doux et violent. Exister sur bout de papier. Invoquer les souvenirs. S'observer par-dessus. Flotter dans l'encre. Vivre bien au-delà des mots dits. Se saisir de ceux posés. Griffés. Vomis aussi. Témoigner pour Elle et elles. Pallier les sommeils sans rêves. Devenir translucide au môme défaillant qui a fait ma carcasse d'homme paumé. Mettre un gilet sous une couverture et mieux suer. Se défaire de la fièvre. Le « Pourquoi écrivez-vous ? » de 1919.[1] Pourquoi pas pour toute réponse. Pour l'introspection ? Lisez-moi. Je suis sans doute devenu un peu prétentieux à... Elle et On me disent écrivain. Je baisse les yeux ou taquine ma barbe ou repousse mes cheveux longs un peu gras. Fermer sa gueule pour prendre la plume. Faire baisser la température qui me rend fébrile. Puisque dormir est perte de temps. Écrire. Écrire. Écrire. Même à vue basse en douce lueur poussiéreuse. Mes veilleuses d'enfance me reviennent. Tristes et mélancoliques. La musicalité aussi. Faire swinguer les mots en plus du Blues. Se dire poète sans papier. Coucher en esprit. Baiser le monde. Griffer encore et toujours avant que la vue ne baisse tout à fait vraiment. Regarder le monde est fatigant. Rien n'est moins sûr que de vouloir vraiment dormir sereinement. J'ai fait de mon amie la fièvre. « Quand on a l'esprit élevé et le

1. Pourquoi écrivez-vous ? : 400 écrivains répondent, *Libération*,1985. Suite à la première enquête surréaliste, publiée en 1919, dans trois numéros successifs de la revue *Littérature*.

coeur bas » disait Camus, « on écrit de grandes choses et on en fait de petites. »[1] Et pour les battements de cœur aussi. Donner des coups de tête aux maux de crânes. Oublier, un temps, l'engourdissement des doigts. Et puis, sans se relire, s'allonger à même le sol. Se refermer de jour. Attendre la nuit suivante pour continuer.

1. *Nota Memoriae.*

Et puis, encore, la musique

Et puis la musique aussi. Me saigner les doigts, toutes les nuits, sur un bout de bois et ses cordes. En autodidacte, améliorer le peu de bases acquises adolescent auprès de quelques aînés ou des éducateurs, avec qui nous partagions les mêmes goûts musicaux. Cependant, très vite, je voulais composer au lieu d'imiter ou de reprendre. Et chasser ma timidité. Il y aura le théâtre aussi mais moins prenant parce que furtif car l'effet de troupe me rendait insolent. Ou encore le dessin. J'ai commencé par copier, recopier et puis j'ai voulu créer moi-même mon univers. En vain. Trop critique envers moi-même. Mais seul, avec la guitare, je compose des mélodies sans lendemain, j'use de rythmiques entêtantes, et chantonne plus que je ne chante. Il faut en avoir des couilles pour pousser le chant avec tes propres textes. Des chansons, j'en ai mille en tête et une bonne poignée attachée aux frettes de mon noble et modeste instrument. La musique est un cri comme le chante si bien le troubadour baroudeur stéphanois. Et puis, elle occupe. Elle tue le temps qui ruine les corps et les cœurs. Elle invite. Que ne pas être pas peu fier quand tu précises que c'est de ton son dont il s'agit. Faire la nique au silence, au néant. Et puis les rencontres aussi. Ce soir tardif, par exemple, où un mec se pointe, au bord du canal, avec sa guitare et demande s'il peut se poser avec nous et gratter. Il y avait les potes de la rue qui ne calculaient rien car tellement défoncés. J'ai comptabilisé le nombre de bières et soupesé le peu de shit qu'il restait. Nous nous sommes accordés. Et la magie a opéré. Mon âme a décollé. Mes doigts se faisaient légers, presque coton sur un manche dur aux cordes acérées. Je tapais le bœuf les yeux embués d'émotions. J'essayais, en vain, d'imiter sa rage et cette facilité qu'il avait à faire rugir son chant tout en poésie. Pour la première fois de ma vie, j'ai joué en pleurant de bonheur. Tout autour n'avait plus rien de réel. Les maigres pauses qu'il faisait me donnaient l'occasion de me saouler un peu plus. Il riait malgré lui de sa folie furieuse d'aimer ce moment. D'aimer la vie tout court en fait. L'urgence était gravée sur son front. Son sang vicié, pollué faisait se courber les veines tout du long de ses bras aussi maigres que les miens. Il voulait jouer, chanter, encore et encore avec la magie du regard des enfants que nous avons été un jour, jadis. Marmaille nue. Le temps a pris pause pour nous laisser nous aimer un instant, une presque nuit à chanter, gueuler, vomir, pleurer un peu et se quitter au presque petit matin en se promettant de se revoir.

Je t'ai revu Mano, bien trop tard, quand tu es définitivement parti. J'avais habillé mon poing gauche d'une mitaine noire et ai levé le bras lors de tes obsèques. Ton Papa m'avait appris un peu à dessiner. Toi tu m'as donné de belles leçons de guitare. Le Canal Saint-Martin est témoin des larmes dont je l'alimente à chaque fois que je pense à toi Mano Solo.

N'être plus que ce corps en souffrance, ce cerveau bouillant de tristesse, cette âme en peine. Mourir ne me fait pas peur.

Du mal-traité d'une vie absurde

J'écoute une symphonie de cordes dans le poste radio. Mon esprit s'égare. C'est un passage aux violons de « La Sicilienne », il me semble. Je suis emporté. Il fait un temps de chien comme j'aime à dire et d'ajouter qu'il n'y a pas de quoi piller une tombe même celle des siens. Aboyer, renifler ou sonder ne font rien retenir. Temps de chien. J'ai envie de cimetière. De visiter des tombes. Des cryptes. Choper du renard de nuit ou des chats sauvages. Dormir parmi les morts après avoir beaucoup bu et fumé. Flotter. La symphonie laisse place à une merde d'humoriste qui me gonfle. Je coupe la radio et contemple le vide tout à coup qui prend place. Il me faut combler ce vide. Je ne veux plus être triste. Je veux m'identifier complètement en cette vie de merde. Il me faut un défi. Ce sera la provoquer. Ce qui va suivre va choquer mais j'en suis joyeux comme quand on découvre sa première érection. Je vais baiser la nuit jusqu'aux étoiles. Mon clope me brûle le bout des doigts tandis que je contemple le ciel. Je suis sur le banc de ce parc vide. Face à moi le Tout-Paris éclairé pour rien rayonne.

Valenciennes

C'était un octobre pluvieux et froid. J'avais erré toute la journée en cette ville si familière. Celle qui avait vu la fin de mon enfance et avait massacré mon adolescence. D'abord par la Grand-Place pour, peut-être, y voir des silhouettes familières ou des visages amis. Il n'en fut rien. Le Parc ensuite et son étang ou résonnent encore en moi les orgies de ma perdition. Tout sonnait vide à part les bruits des moteurs des bagnoles entrant ou quittant le parking nouvellement installé. J'étais larmes à l'intérieur. Détresse à l'extérieur. J'étais d'une solitude sans nom. Mon ventre vide me faisait vomir et j'avais besoin de dormir. Depuis quand n'étais-je revenu ? Pensais-je réellement que les liens tissés lors d'une adolescence chaotique pouvaient perdurer ? Ils sont où toutes celles et ceux avec qui j'avais tant partagé ? Sans doute déjà rangés dans leur cocon minable ou joyeux. Au choix. L'heure est venue de la désespérance qu'aucune larme ou colère ne peut apaiser. J'ai si peu d'habits sur le dos et déjà les cheveux tortueux et gras mais les ongles trop rongés pour être sales. J'ai besoin de boire plus que de manger. J'ai besoin de mourir plus que de dormir. Plus loin, mon autre ville et sa casemate du parc qui n'a pas bougé. Je m'y réfugie malgré l'odeur de pisse et de merde qui y règne. Attendre que la pluie froide cesse. Reprendre la route. Pour où ? La Belgique « coule à mes oreilles », non loin. Je m'y sentirai moins furieux me dis-je. Mes poumons suffoquent de ne pas fumer et j'ai les mains qui tremblent. Qu'elles sont tristes ces villes de nos enfances qui ne nous reconnaissent plus. Même les mégots trempés de pluie ricanent à mon passage claudiquant de tristesse. Je m'engage, résolu, en une morte vie en une morte ville. Il faut que je parte et vite.

Je marche longtemps, à travers routes et sentiers boueux. La nuit, depuis une heure ou deux est devenu plus clémente. La pluie a cessé mais pas le froid humique et vicieux. Surtout, ne plus penser, ne plus regretter, ne plus se souvenir. Marcher encore et encore pendant que cette putain de planète tourne sans moi. Si la galère, la vie en marge sont mon héritage, alors je l'accepte. Mais je ferai à ma façon. Avec la prétention du « on ne veut pas de moi, je suis d'accord, mais foutez-moi la paix. » Et je crois bien que le Diable s'en est fait l'écho.

Avec le recul, du haut de mon demi-siècle bien barré, j'aime l'idée d'être passé au travers des mille fois où j'aurais dû crever. J'ai aiguisé mon ironie sur le monde qui m'entoure. Riant de tout. Me foutant de rien. Lors de ma première tentative de suicide, un plongeon dans le vide que je pensais radical, je me suis entendu dire que j'étais « passé par une belle porte ». Ce à quoi j'ai marmonné qu'il aurait fallu qu'il y ait maison tout autour. Rire, même de la mort. J'aurais beaucoup d'occasions d'en rire avec colère et tristesse infinie à l'annonce de mes compagnons d'infortune morts dans la rue. Encore aujourd'hui, je me permets cette liberté parce que je suis un survivant qui a vécu la disparition de trop nombreuses personnes SDF, Sans-Abri, précaires, paumées, avec pour certaines les stigmates de la DDASS.

Et merde ! Alors que la pluie finalement redouble, je dois traverser un champ boueux aux restes d'épis de blé. La nuit s'est promis de ne pas me laisser de répit. J'imagine que le Diable a d'autres priorités tandis que des phares au loin me font courir. Je lève le pouce. Une voiture pour Valenciennes. Je prends. Le moustachu au volant me propose un clope. Une Gauloise que j'engloutis. Il me laissera le reste du paquet et une boîte d'allumettes parce que « les briquets, c'est pas donné ». Il me dépose à la Gare sans plus d'échange. Sur place, l'accès aux quais se fait avec facilité. Un train pour Calais. Pourquoi pas.

Des cauchemars, au plus profond

Ensanglanté de sueur, le cœur dans les chevilles, je crève de malheur en défonçant ma poitrine d'un cri si puissant de douleur que même l'espace part en vrille. Des étincelles en mon cerveau pétillent de joie alors que leurs tintinnabulantes mélodies me sont sourdes. Je ne suis que sons sourds. Mais je vois les visages. Leurs intentions lugubres. Il y a un homme sombre en pénombre facile dont je distingue un peu les yeux collés. Peu à peu, mes pupilles moins flippées, je me distingue. Un peu flou, mais c'est moi. Bien moi. Quel recul de merde ! Je sais que je ne mire pas donc. Je me regarde. Depuis un moment, j'ai appris à être dans le rêve de mon rêve. Des réminiscences de mes prises d'opium, d'héroïne et puis en parallèle le goût pour les champignons. Il était une époque où je suis parti loin dans l'autodestruction puisqu'il me fallait vivre une vie de merde. Alors autant la farder, décider de quelle soie elle sera habillée cette pute de vie. Il faut juste accepter de se mentir à soi-même. Et en chialer à l'aube souvent.

Il y a ce matin ou je me réveille glacé de pluie et de froid et ce Renard qui consomme mon reste de repas, consumant ma tristesse et un peu de mon malheur. Ivre, je m'étais fait enfermer volontaire dans le cimetière du Montparnasse. Ce n'était pas la première fois d'ailleurs. Et ce Renard. Mon Goupil. Il y avait des correspondances entre nous. Il nous fallait parler. Et la bouffe ça aide. Tous les jours, je venais pour roupiller et lui pour bâfrer. Une Nana avec qui je baisais un peu est venue une fois, juste pour voir. On a baisé un moment en l'attendant. Elle est repartie en se pétant la cheville et le genou en escaladant le mur. Depuis, plus de nouvelle. On ne baise plus à l'arrache…

Nous étions nombreux, en plusieurs nuées éparses au début et puis nous fûmes murmuration.

Maintes fois, surtout lors de nuits les moins bleues, j'ai souvent pensé à toi, me demandant avec quel sourire tu allais venir me rejoindre.

Pétillant d'apprendre encore que mes deux poumons, ont repris l'école aujourd'hui. Radieux un peu sous la pluie. J'envisage à l'avance les photographies de ces moments uniques dont je suis absent…

Je me souviens, Augustin…

Il est tard. Pas loin de deux heures. La nuit est épaisse et tiède en ce début de mai. Le moment où les carcasses se traînent et les viandes saoules titubent pour regagner les tentes. D'ici quelques minutes, ça va péter, roter, gueuler aussi, à tout va, sous les toiles. Le temps de leur endormissement, je reste assis sur le banc, sous les étoiles. Pour quelques minutes encore. Les reflets des lumières jaunes en surface d'un canal Saint-Martin paisible m'apaisent. Je sais que nos jours sont comptés. Qu'il va falloir se laisser confisquer les tentes et dégager des quais de Jemappes ou de Valmy sous peu. J'en ai conscience mais j'ai une ambition : quitter les lieux mais avec solutions pour toutes ces personnes SDF avec ou sans papier. Sans distinction. Que foutons-nous là ? Est-ce une vie que de vivre à bouffer au petit bonheur la chance, dormir sous une toile en un duvet miteux ? Où se trouve la dignité ? Où trouver l'espérance de soi ? Et après quoi ? Pour eux, je serai heureux de les savoir à l'abri et pris en charge en toute humanité. Mais moi ? Je n'en veux pas de leurs solutions encadrées, éprouvantes, toujours mues par des règles et des règlements. J'en ai soupé d'eux, ceux qui décident sans rien connaître de la vie en marge. Qu'elle soit choisie ou subie. Le nez dans le ciel, je repense à toute cette aventure incroyable initiée par Les Enfants Don Quichotte. Mais quel bordel magnifique tu as foutu Augustin ! Te souviens-tu que je n'y ai pas cru ? Te souviens-tu de mes coups de gueule ? À dénoncer l'idée de créer un hôpital psy à ciel ouvert, au bord d'un canal de plus ? Et puis j'ai vu de quoi nous étions capables en dehors de nos failles et nos fêlures. J'ai entendu des personnes parler pour la première fois, se raconter, en pleurant souvent, y voyant une possibilité d'être enfin écoutés. C'était vraiment terrible quand on y songe un peu. Nous étions légion et si différents mais avec le même but : survivre.

La guitare posée à champs sur le banc se casse la gueule et me ramène un peu à moi. Je devrais dormir mais je veux résister encore un peu. Tout, autour, à présent sommeille. Je vais baiser cette nuit finalement paisible de toute mon âme. Je ramasse la guitare. J'arpège un peu, en sourdine. Des mélodies viennent. Forcément tristes. Je repense à Dorothéa, une aventure de baises fugaces. Je nous sais en sursis. Je fredonne. Un fourgon de la BAPSA ralentit dans mon dos. Je lui fais signe de paix avec les mains. Il maraude. La routine quand ils sont utiles au bon moment. Rien n'est pesant, mis à part ma tristesse et mes interrogations, en cette belle nuit. Pourquoi irais-je dormir ? Je rêve de dormir le jour pour oublier le monde et me construire le mien en nocturne. Boire, fumer, jouer, baiser, rire et bouffer un peu. Et écrire.

Contrairement à beaucoup des anciens des Don Quichotte, je ne suis pas nostalgique. Toute aventure connaît une fin, ensuite il faut passer à autre chose. Mais les nuits, tandis que les tentes soupirent de sommeil, de temps à autre, un cri dans la nuit. Un mauvais rêve sans doute ou la peur de ne pas comprendre où tu es quand tu te réveilles. Ce qui m'arrive souvent.

Malaise cardiaque épisode 3

Absurde immobilité dans la nuit. Carcasse de pluie. Ses pieds tremblent juste un peu. Son cerveau résonne encore mais ne peut pousser cri. À peine du sanglot. Son cœur cesse. Il sourit. Il veut bien partir enfin. Plus de lourd à porter se dit-il. Ses larmes se mélangent au jaune-gris des réverbérations dans les flaques. Il part de chez nulle-part. Mais…

Une gamine espagnole a posé sa bouche sur la mienne et ses mains sur ma poitrine. Elle m'a réveillé. Quand les pompiers sont arrivés, je ne cherchais qu'elle. Elle était nulle-part. On me croyait fou. J'ai refusé l'hôpital. Je voulais rester là. Pour la recroiser. Palpite en moi, souvent, le souffle d'une autre personne qui me parle…

J'ai fait une troisième alerte cardiaque à ce moment-là. J'étais en état de mort quand une jeune femme a pratiqué les soins en attendant les gyrophares. Je ne sais ni son prénom ni son âge. Elle m'a réinsufflé. Elle était touriste espagnole.

Parce que ce que tu ignores peut te détruire…

Petit boulot, grand écœurement

Il arrive souvent que des sociétés de nettoyage viennent solliciter les personnes SDF. Généralement pour une journée de boulot mal payé et, bien entendu, non-déclarée. C'est ainsi qu'un soir, au bord du Canal, il m'a abordé pour me proposer deux, voire trois jours de travail. Nous étions début octobre. Comme j'étais à poil, j'ai accepté. Nettoyer totalement un studio avant qu'il ne reparte en location. Ce genre de boulot demande tout au plus une journée et demie. Je comprendrai le lendemain matin pourquoi trois jours (au moins). Comme d'habitude, j'ai très mal dormi. Je dois être sur place pour 8 heures. Il est 7 heures 30 quand j'y suis. Besoin d'un café et d'un bon coup de pied au cul. Il me reste une bière. Ce sera bière.

Il arrive à tout juste huit heures. Tout en ouvrant la porte, il m'explique que matériel, outillage et produits ont été déposés la veille. Parfait.

À peine pénétrons-nous les lieux qu'une odeur nauséabonde me flingue les sinus. Il me tend un masque et des gants de ménage. Je jette un œil tout alentour mais c'est le parquet qui me happe. Les restes d'un être humain le jonchent. Vertige. Il m'explique qu'ils ont retrouvé le cadavre il y a deux semaines. Que le type est sûrement mort en août d'après l'autopsie. Putréfaction d'un homme malade mort de solitude. Je décide de revoir notre contrat. Il ne s'agit pas là de simple nettoyage. Il accepte et me dira plus tard que personne ne voulait du boulot. Je ricane.

Des bouts de chair incrustés dans le bois du parquet et ses rainures. Je distingue aussi de la cervelle. Le sang séché en épaisses couches. Il y en a même sur les murs. Le pauvre hère a dû exploser en mois d'août qui fût chaud.

Même avec le masque, l'odeur est insupportable. J'ai les yeux qui coulent. Je gratte le plancher à l'aide d'un couteau à plâtrier. Je fais une pause pour prendre l'air toutes les heures. Je vire le peu de meubles de la pièce. Le petit frigo que j'ose ouvrir. Je ne savais pas que les asticots se plaisaient autant au frais. Tout est pourri à l'intérieur avec l'odeur, une autre, plus douce mais répugnante tout de même. Il me demande de nettoyer le frigo pour le réinstaller ensuite. Je lui réponds que non, que ce sera poubelle.

Il me faudra deux jours entiers pour redonner un semblant de propre. Persiste cette odeur dont je n'arrive pas à me défaire. Malgré les multiples douches prises chez un voisin du quartier. Au troisième jour je lessive les murs à nouveau et enduis le sol de vernis couleur histoire de masquer le marron du sang séché qui a imbibé le bois. Je quitte vers 20 heures, paye en poche, fourbu et mal dans ma peau. Il me faut une douche à nouveau. Quitte à me récurer à la javel. Je sollicite une amie du quartier, là où je dors, dans ma cave. Il me faudra des jours et des jours pour me départir de cette putain d'odeur de mort.

Tard le soir, je ne cesse de penser. Comment a fini cet homme. Dans quel état de solitude absolue il devait se trouver. Il était malade, le nombre impressionnant de médicaments n'en fait nul doute. Et pas de suivi médical.

Il est mort en août. J'ai effacé au mieux toute trace de sa mort en octobre. Quel temps long pour enfin s'apercevoir qu'on ne croise plus le voisin et puis, cette odeur, d'où vient-elle ? Et sa famille ?

Toutes ces questions me bousculent quand arrive le petit jour. Je n'en ai pas dormi.

Amour d'anoure

Posé au bord de l'eau de je ne sais plus quel étang, mon spleen en bourdon virevolte de nénuphars en nénuphars. L'odeur de la vase est prégnante et me ravit. Rien ne vient troubler le calme de l'onde puisque pas un souffle de vent. Un immense saule pleureur semble boire, à fleur d'eau, du bout de ses branches plombées par son lourd fouillis de feuilles vertes et jaunes. Je me sais assis à même la boue. Les joncs, impassibles, sont au garde à vous tels la garde pontificale. Je crache dans l'eau de lourds mollards et m'amuse des ronds qui viennent troubler le paisible du moment. Crapule je suis à taquiner le crapaud. Et puis le voilà le roi de l'étang. Deux gros yeux globuleux télescopes me fixent. Je suis joie. Me penchant, je caresse délicatement, j'effleure à peine, l'eau. Son excitation grandit peu à peu. Il s'approche en douceur, sans doute craintif. Pourquoi n'ai-je pas de fil de laine rouge avec moi, pesté-je ? Il va me falloir user de patience. Immobile, je reste, mon cul s'enfonçant un peu plus dans la boue, formant sous moi un siège improbable mais confortable. Le roi de l'étang s'approche un peu plus, en brasses harmonieuses et légères. Quasi sans bruit. Je retiens mon souffle. Je trépigne, retenant mes nerfs. Le roi est là, à portée de main, face à moi. Je me penche et le fixe. J'ai l'impression de pouvoir me mirer en ses yeux. Narcisse amphibien. Il fait un saut sur la rive. Il est à présent à mes pieds. J'ose tendre la main. Il se gonfle. Je tremble un peu en posant un doigt sur le haut de sa tête sans couronne. Mais il est le roi de l'étang cependant.

Il coasse curieusement, comme en un rot retenu. Et tout à coup l'onde se « tsunamise » et milles yeux globuleux en émergent. Un vent se lève et le saule s'anime tel un géant de bois en colère. Les gardes joncs plient, oscillent, quitte à se briser. Les nénuphars entament une danse frénétique et magique. Tout devient ballet aquatique improbable tandis qu'autour de moi mille grenouilles et crapauds coassent en un orchestre terriblement merveilleux. Je m'enfonce de plus en plus dans mon siège de boue qui devient lit. L'odeur de vase devient pâteuse en ma bouche. Je suis entre rires et larmes. Je ferme les yeux et me laisse m'embourber. La terre vaseuse m'enveloppe tel un duvet. Et puis, tout à coup, tout cesse. Je me retrouve péniblement en mon lit de misère. Autour de moi la cave dans laquelle je vis mes courtes nuits. Je pue de sueur et de rires nerveux. Je reste assis un moment, essayant de coasser. Je réalise que je rêvassais en mon propre rêve. Une odeur de vase, pourtant plane tout alentour.

Si tu n'écris pas sans larme, cours vite à la fabrique des sentiments.

Nosferatu (*Fantôme de la nuit*)

Me revient souvent en mémoire cet abominable et merveilleux film *Nosferatu, fantôme de la nuit*, la version de Werner Herzog à la réalisation, l'insupportable génie de Klaus Kinski et la beauté jeune et diaphane d'Isabelle Adjani. Il s'agissait d'une projection « cinéma-concert ». J'avais une quinzaine d'années. C'était assez déstabilisant ce format mais ma curiosité me portait. Et puis le mythe du vampire reste fascinant. Nous étions peu dans la salle de ce cinéma associatif tenu par un étudiant en école de cinéma. Un binoclard avec qui je prenais souvent des cuites ou m'envolais en des volutes illicites. On le surnommait « Got ». Il avait aussi un talent insupportable pour le dessin. Ses productions de dragons par exemple me fascinaient de détails affolants. Et puis, il baisait avec Betty, une nana qui me tournait autour et que par grande timidité j'ai laissé échapper. En ai-je été jaloux ? Même pas. Elle était, comme Got, binoclarde, fine, voire sèche, de corps. Tu vois Janis Joplin ? Voilà. Je les aimais beaucoup et j'aime à penser que c'était réciproque. En amitié ou affection, je me fabrique une famille. Un jour, ils ont investi le peu d'argent qu'ils avaient pour un fourgon déglingué aménagé à tailler la route. Une vie de nomade motorisée. Je les enviais. Nous avions, à cette époque, cet esprit Punk-Rock, adeptes de la défonce et des rêves irréalisables. Eux, ont exaucé le leur. Jaloux, je fus ? Oui. L'introduction au film dure de trop longues minutes à mon goût. Je me lève pour aller pisser. Au sortir des gogues, je croise Got. Je lui demande des bières et retourne en salle. Le film commence. Au bout de quelques minutes, le taulier du ciné se pose près de moi et me tend le joint. Deux, trois lattes, pas plus, et je plonge, avalant la pellicule. J'oublie le concept « cinoch'concert », halluciné par l'écran. Quel film ! Plus tard je me faderai l'incroyable et bordélique cinématographie d'Herzog.

À ces souvenirs, le peu de lumière de la cave que je squatte m'invite à jouer d'ombres chinoises. Je m'amuse de mes mains à dessiner sur les murs un oiseau en vol, une tête de chien, une gueule de singe ou d'autres ombres improbables. Et puis, selon que l'on se pose, l'architecture même des lieux invite à y déceler des ombres inquiétantes dès lors que je m'amuse à faire danser l'ampoule qui pend au bout de son pauvre fil. Son balancement jaunâtre animant, sur les murs de pierres poussiéreux, des formes inquiétantes, voire flippantes. Le tout, orchestré par des bruits sourds à la fois proches et lointains. Sans doute le bruit des rats qui fouillent mêlé aux sonorités qui me parviennent de la rue via les petites ouvertures des caboulots. D'aucuns partiraient en courant. Pas moi. Et si, une fois la lumière tamisée un peu plus, Nosferatu venait me trouver, je lui proposerai un godet. Boire un « cou ».

Des rêves de plomb

Le Dimanche est souvent chez moi une moisissure d'ennui. Quand j'étais môme, pas mal de mes copains passaient la fin de semaine chez leurs parents. Quand ils avaient « la permission ». Ils devaient même la faire signer. D'un groupe de 30 ou 40 minots, on se retrouvait, bien souvent, à deux. Avec Fred « l'œuf ». C'est comme ça que je le surnommais. Fred et moi sommes arrivés le même jour, enfin, la même nuit au Foyer à Artres. On a grandi ensemble. Frères de sang. Avec le rituel indien qui va avec. Le mélange sanguin après un coup de canif dans nos paumes respectives. Nous étions petits guerriers. Nous étions toujours en concurrence à vouloir être meilleur que l'autre en toute chose. Fred m'inspirait. Je ne l'ai jamais vu pleurer. Ou alors si, une fois, peut-être. Une histoire de cahier volé. Un instituteur sévère. Je me souviens avoir souffert pour lui. Cette histoire a foutu en l'air la possibilité d'une adoption. Mais Fred, c'était aussi mes colères de nuit. Nous passions nos journées ensemble, toujours, tout le temps. Forcément, la nuit, lors de mes songes ou rêves, il me hantait. Et ça avait le mérite d'agacer mon sommeil. Lors de mes pérégrinations nocturnes et cérébrales, je voulais lui casser la gueule. J'étais fiévreux mais au ralenti. Tous les coups que je voulais lui porter partaient en ralenti lourd, pesant. Des rêves de plomb. Je me souviens qu'il se voyait journaliste plus tard. Je m'imaginais dessinateur. Lui avait besoin d'un modèle à copier tandis que moi je laissais mon imagination guider ma patte gauche. Dessiner, tout comme écrire, libère un peu. Et puis ce maudit ami, mon Fred l'œuf, avait cette chance inouïe de croire en l'avenir. Il n'y avait rien de mélancolique en lui. Il se projetait. Je me renfrognais. Il pleuvait ? Il rentrait en courant. Moi je pataugeais dans les gadoues ou flinguais mes sandalettes dans les flaques. J'ai appris très vite à aimer les pluies qui se faufilent dans le cou. Caresses ruisselantes. Fred, c'était l'intello. Moi, le rêveur. Il était le sérieux quand je puais le rebelle de pacotille. Mais frère de sang, ça compte. Nous nous sommes suivis durant toutes ces années qui mènent au sortir de ce putain de foyer. Je pense souvent à lui. La dernière fois que je l'ai croisé, à Valenciennes, il était plongé dans des addictions que je ne lui connaissais pas. Alcool, forcément. Et puis toutes ces merdes qui traînent sous le manteau. Je me souviens de son invitation à se voir en son chez lui. Une piaule crade. Tellement immonde que les murs en suaient. Située non loin de la Gare de Valenciennes. Fred pouvait payer le loyer à cet enfoiré de marchand de sommeil à l'aide de son allocation. Il aurait voulu que je dorme en ces lieux après une belle défonce. Nous nous sommes défoncés à coups d'alcools forts, pétards et buvards. Et je suis parti. Je déteste les murs suants. Je me suis arrêté, titubant et triste au mitan du pont qui surplombe la Gare ferroviaire de Valenciennes. J'avais l'envie de me jeter sur les rails. Mais le tapis de ferraille électrocuté, tel un matelas bienveillant, ne m'invitait pas à crever comme ça. Le dernier bus de nuit m'invite à me remettre en mémoire qu'un peu plus loin, au-delà du pont, vers la commune d'Anzin, il y a un abribus digne de ce nom sous lequel me poser et profiter de son large banc. Je songerai à Fred l'œuf. Sans doute ai-je pleuré un peu pour lui en imaginant mon sommeil. Au loin, les bruits de l'hôpital et ses sirènes d'urgence. Je m'enrobe du plaid sur le banc dur. Il voulait être journaliste. Je voulais être Walt Disney. Il mijote en des murs suants. Je grelotte dehors. Nos rêves étaient de plomb. Fred partira, tête d'œuf, d'une overdose. Au petit matin une infirmière sur le point de prendre son service me déposera un café et un clope avec ce mot sur une petite carte : « Je ne t'ai pas oublié. » Il m'a fallu du temps pour réaliser. Et, en songe, Fred l'œuf est venu me visiter. Souviens-toi, elle pleurait parce qu'elle avait planté son oral, école d'infirmière, et toi, tu traînais dans les couloirs de l'hosto, suite à un mauvais trip. Tu l'as rassurée, l'invitant à « jouer au dragon » comme tu dis. « Retourne les voir et dis-leur qu'ils ont tort. » « Crache ton désir à leur face si peu solide ! » Et Fred l'œuf toujours, en songe, de me dire : « Et toi ? Toujours à trembler dans la rue ? » Mon poing se serre. Je lui défoncerais bien la gueule mais mes gestes sont si lourds. Mes songes au ralenti. Mes rêves de plomb.

Inlassablement et avec urgence, je voudrais écrire tout ce que j'ai envie de dire, de raconter ou de narrer, tout le beau et le pire, bien avant que de me perdre de vue ou qu'alors se phagocytent ma pensée, mes souvenirs et mes rêves perdus.

Baston, logorrhée et vodka

Printemps 2002. Mi-mai. Je suis triste de condition boulevard Saint Jacques. J'ai très mal dormi. Les bleus de la veille me rappellent à eux. J'ai la colonne fracassée, les doigts en sang, parsemés d'écorchures à vocation croûteuse. Un mal de crâne persistant. Que n'ai-je trop bu. Il me faut connaître l'heure. Je bute contre un horodateur. Il est toute juste huit heures. Matin de chien. Dans ma poche, quelque menue monnaie. J'entasse mon sac et me coltine la guitare pour aller à Denfert m'enfiler un café. Il fait beau et légèrement pluvieux. Comme j'aime le temps qui ne veut rien dire ! J'allonge le pas, il me faut remonter quelques centaines de mètres pour le Graal caféiné. Mes pas sont lourds de sens. Je me suis battu la veille. Il est certain. Cheminant, les souvenirs me reviennent. Le fils de pute au clope. Un connard de gitan. Petit gras, rond comme une pomme pourrie. Il s'incruste et taxe les sans-abri. Je me souviens. Il m'a demandé une roulée. Face à mon refus, il a pris le clope que j'avais au bec. Je me souviens du coup de tête asséné d'instinct. Son pote qui gueule. Le vertige après l'éclair qui m'a parcouru. Les douleurs ensuite. J'avais défoncé le crâne du con et son pote non loin est venu en secours. Je souris à l'évocation de ce coup de boule mémorable.

Et puis, elle a tout vu, de sa fenêtre. Elle me connaît. Elle m'apprécie. Elle fut professeure. Enseignante. « Exigeante » me disait-elle. Je soulignais. Elle était ni moche ni vieille. Elle avait les dents jaunies par le tabac et l'alcool. Les cheveux rêches comme des tresses de feuilles de bambou périmées. Elle invoquait constamment le droit à consentir. Je ne comprenais rien, généralement, à ses propos et ses pénibles logorrhées, diarrhées verbales. Je la croyais folle. Et puis…

Retour de café, tout me revient et j'ai encore donc en tête la baston de la veille. Et le physique qui suit. Je me pose sur mon lieu de manche. Elle déboule et me demande si je peux lui déménager un fauteuil. Je fourgue sacs et bardas dans l'entrée de l'immeuble et tout opère. C'est un joli pose-séant pourtant qu'elle veut virer. Dommage. Le boulot terminé, le rien en fait, elle m'invite à rester un peu chez elle. J'invoque le « pourquoi pas » avec une sacrée envie de boire. Elle use de Vodka à peine posés. Ma peau tangue. Je ne vois que ses yeux qui m'embrassent tandis qu'elle sanglote. Elle a tout vu de sa fenêtre et me dit qu'elle a peur pour moi.

Un lundi, au petit matin, elle m'a sollicité. J'étais vague. La défonce de la veille. Elle était déçue d'un mec qu'elle avait ramassé. Elle était ivre déjà quand elle m'a proposé un café chez elle, en peignoir sur nuisette et pantoufles, dans la rue. Pourquoi pas. J'avais besoin d'une douche aussi. Sous la pluie du pommeau, face au miroir, je distinguais les morsures de la rue et de mes mauvaises nuits. Elle, ne voyait que le bleu de mes yeux. Sur son maigre canapé, elle se noyait à boire. Moi, je fumais un joint. Elle aimait parler durant des heures. Même à elle-même car trop souvent seule. J'adorais ses questions farfelues au final. Mes réponses essoufflées ne valaient pas mieux. Je la faisais rire. Elle aimait ma main sur sa joue aussi. Surtout. Il y avait de la tendresse au bout de mes doigts sur le doux de sa peau striée, le gris de ses yeux qui invitaient à vouloir rester encore. Elle parlait philosophie. Je lui répondais poésie. Je roulais un clope tandis qu'elle abusait de Vodka. Nous restions sur le canapé à converser, fenêtres ouvertes en ce joli mois de Mai. Je devais partir, récupérer mes sacs. Mais sa gueule déchirée de larmes de femme bourrée qui en a trop sur le cœur imposait à rester.

Elle était fille de fortune familiale. Elle avait parcouru le monde. « J'ai été salope dans tous les coins », aimait-elle à dire dans un fracas de rire jaune. Elle avait enseigné au Mali, au Burkina et dans des pays d'Amérique du Sud. Elle vivait à présent dans un improbable quartier parisien. Elle se savait en sursis mais en riait. Dieu que les femmes en partance sont formidables.

De retour sur mon bout de trottoir, vidé, un peu ailleurs. Je repense au fauteuil que j'ai dû virer. Il était bien ce pose-séant. Je m'encours à le récupérer et en fait mon chez-moi. Je m'y pose pour le reste de la journée en faisant la manche. Les passants ont le sourire à me voir pacha. Le temps traîne un peu et puis vient le soir. La rue s'endort un peu. Elle vient me voir puante de vodka.

Elle est partie quelques jours après. Elle a laissé un mot à mon attention que j'ai jeté à la poubelle, le connaissant par cœur : « discussions inspirantes valent plus que tous les discours du monde. Je t'ai aimé par cœur. »

J'ai souri et pleuré à son enterrement.

Quand je repasse dans le quartier, son fantôme plane.

Chialer en écrivant, c'est trembler beaucoup…

Dimitri

Je ne sais pour quelle raison, je me suis réveillé alors que la nuit était encore pleine, au rêve d'un ami d'enfance. D'adolescence plutôt. Fiévreux et tremblant assis en mon duvet, les veines me coulent par les yeux. Tout autour la cave tangue. Son prénom s'échappe de ma bouche tandis que mon corps berce. Inlassablement : « Dimitri. Dimitri. Dimitri… »

Dimitri était l'ado puceau, de tous, le plus con que je connaisse. Il aimait passer du temps avec nous. Les mômes du foyer. Les cas sociaux. On le fascinait. Il nous pensait « libres de tout parce que sans parents ». Le con. Il avait une belle petite gueule d'ange, avec ses dents du bonheur et des yeux de fille. Il fut même une période où il se lissait les cils. Ça lui allait bien. Son regard vert perçait les cieux. Il habitait avec Maman, dans un petit appartement, cité du Coq. Une mère pas mal barrée. Veuve gavée aux psychotropes qui suait le mauvais vin. Elle avait été belle jadis. Elle passait ses journées en robe de chambre épaisse de coton. À poil en dessous. C'en était gênant plus qu'émoustillant quand je passais chez lui. Je pouvais contempler sa chatte. « L'Origine du Monde » *in vivo.* Ça puait la pisse et l'humidité. Ce qu'on nomme « le renfermé ». Je comprenais alors son désir de « nous » ressembler. Les mômes du foyer sans parents apparents, libres de tout et de rien. Il aimait mes fugues. Mes fugaces rébellions. Il était aussi, au grand dam, le souffre-douleur des crétins aussi puceaux que lui, de sa cité. Il se faisait tabasser pour un rien. Jamais il ne répliquait. Nous fréquentant, les molestations ont cessé un peu. Il était en confiance avec nous. Heureux, je crois. Jusqu'au jour où... Quel con !

Lundi matin, 8 heures devant le collège. Dimitri déboule complètement débile. Le crâne rasé. Je me souviens qu'il n'avait même pas son cartable. Il me savait buissonnier. Il avait calculé. Nous étions, avec la bande, sous les pins face au Collège Josquin des Près. Nous étions Punk-Rock et anti-skins. Voir Dim' et sa boule a suscité beaucoup de rires. Et ses yeux restaient profonds. Et puis vint l'explication surréaliste. Il voulait fumer un clope mais n'avait plus de feu. Aidé d'une allumette, il alluma un brûleur de la gazinière. Le con brûla une belle partie de sa chevelure en se penchant pour griller sa cigarette. Peut-on faire plus crétin ? Dans la foulée, la foldingue lui rasa le crâne pour parachever le tout. Il me semble en avoir ri sans être pourtant moqueur.

Dimitri se confiait beaucoup à moi. Il me savait à l'écoute et direct aussi. Je crois qu'il m'aimait bien. Je n'avais qu'un an d'avance sur lui mais il me pensait référence. Je m'étais fait un frangin de plus.

Plus tard. Nous étions au lycée. Sa mère est morte. Retrouvée par lui, à poil sous son peignoir. Il avait 17 ans. Il a pu garder l'appartement quelques mois, histoire de rater son Bac. Il fumait beaucoup trop de joints. Je le savais perdu. Je traînais toujours avec la bande, des copains de picoles, de défonces et de guitares. Je l'ai invité à nous rejoindre et se poser. Il en a été fou comme un minot au pied d'un sapin enguirlandé. Je me souviens de ses cils. Autour de moi j'entendais des remarques malveillantes à son sujet. J'ignorais. Ce garçon méritait de l'attention. Il était frère pour moi.

Nous nous sommes perdus de vue. Le parc de nos éclats est devenu un peu vide et froid.

Plus tard encore. Je bosse en Mission Locale. Compulsant les dossiers pour les numériser, je tombe sur Dimitri qui s'est inscrit pour une formation. J'ai un contact. J'ose.

Tout me revient. Je tremble encore et me berce. La cave tangue toujours. Pourquoi ce rêve de Dimitri ? Depuis quand n'ai-je pas pensé à lui ? Nous étions adolescents, rebelles à la noix, en prise avec nos futures addictions. Des fou-furieux du *no futur*.

Suite à mon appel, il est passé chez moi, une fois. Unique fois. Il revenait de Bréda où il avait acheté des coussins d'herbe. J'habitais un petit appartement frontalier à la Belgique. Il était descendu en gare locale et donc passé me voir. À peine arrivé, l'herbe parfumait mon chez-moi. En fumette, en infusion, tout planait. Il rayonnait. Le mois de juin invitait à se poser aux fenêtres largement ouvertes. Je le revois encore, torse nu, tout en muscle et la peau brunie. Son rire de la chance. Son oreille percée aussi d'un petit dragon. Nous étions jeunes adultes. Plus des enfants ou adolescents. J'étais un peu travailleur social aussi à présent. Lui ai-je dit qu'il déconnait à transporter autant de drogue ? Oui. Tout en fumant un joint. Il était heureux. Il habitait encore chez lui mais en galère loyer et charges. Sa mère lui manquait ? Non. Nous étions hommes à présent. J'étais objecteur de conscience et travailleur social précaire. Lui se faisait beaucoup d'argent à vendre de la verdure à ses risques et périls. On a beaucoup fumé. Il a dormi en mon lit pour cette fin de semaine. J'ai beaucoup dessiné cette nuit-là. Au petit matin du dimanche, il est parti. Joyeux après un chocolat chaud accompagné de tartines au beurre salé. Il devait livrer.

Dimitri avait du mal à choisir. Il aimait les filles et les garçons. Je l'avais deviné très tôt. Dans mon entourage, au foyer, je savais JL et G homos. Que m'en importait. Et puis différencier homosexualité et pédophile, j'avais appris.

« Tu aurais pu dormir dans ton lit Hervé ! »

Non, Dimitri, je déteste l'ambiguïté.

Dimitri est parti. Nous avions tellement fumé que je me souviens du au revoir à la fenêtre tandis que me voisine d'en face, à sa fenêtre aussi me faisait signe. Accessoirement, je la baisais.

Plus tard encore. Dimitri devait livrer sa camelote à un dealer non loin.

Tout va bien pour le point de rencontre. Dimitri monte dans la voiture. Son esprit fou, défoncé, invite le conducteur à baiser. Un coup de couteau dans le cou pour « ce sale pédé » mettra fin aux jours de Dimitri. On retrouvera son corps dans la forêt.

J'aime penser à lui quand il me disait que j'avais de la chance de n'avoir pas de parents.

Je ne sais pas pourquoi Dimitri est revenu en moi. Mes nuits sont trop peuplées. J'ai du mal à pleurer le désespoir. Juste l'écrire un peu. Sentir le sel sur la joue. Mourir un peu. Pour lui.

As-tu joui ?

Mis de côté l'odeur de l'ennui de ton presque trop grand appartement, je ne retiens que ta chambre que j'ai peinte en violet, ta couleur. Ton lit bancal sans véritable sommier. L'odeur de tes draps ni propres ni sales. La lumière venant des fenêtres aux rideaux verts et transparents. Le plafond vomi blanc plus que fracassé. L'armoire qui se casse la gueule retenue à peine par tes tonnes de fringues. Le chevet caisse de bois et tes livres à la con. Un truc sexuel caché sous l'oreiller qui m'intrigue. Nous baisons si peu. Pourtant l'envie est là. Mais, mon alcool, ma défonce. Mais, ton regard fatigué et froid quand tu rentres du travail. J'ai pour moi l'excuse d'avoir été utile aussi. Les lieux puent la propreté. Tu m'en remercies. Je le prends mal. Croisepattes, le clébard te fait la fête. Les fins de journée passent vite. Je cuisine. Je sais tes goûts. Peu de mots échangés à part des banalités sur ton travail et sur ma journée nulle. Aucune case à cocher. Repas envolé, tu te douches. Nuisette. J'ai envie de te baiser. Je n'ose pas. Quel con. Tu bouquines en ton lit déglingué. Je me défonce sur le petit balcon. Alcool et joint. Au dehors ça rodéo en bécane et ça pue l'essence. Le clébard me cogne. On sort. Dans le parc, il s'éclate sur le haut muré. J'ai une bière en poche et un joint au bec. Les mecs me toisent et je les emmerde. Je ne suis pas issu de la cité. Et alors ? Ma femme bosse pour que ta mère puisse payer ses factures alors fais pas chier mec ! Je passe tranquille donc. Les mômes adorent Croisepattes. Je les laisse s'amuser avec lui tandis que je pense à Paname et mes rues. J'ai lourd poids sur la poitrine. Le monde m'oppresse. Le joint m'apaise. Je te parle alors que tu n'es pas là. Mon cerveau bouillonne. Les rires des enfants diluent ma colère. Ma nuque me fait mal. Je détresse mes cheveux longs et rêve de cascades. Je veux rentrer pour te baiser au soleil presque couchant. Au loin, le chien s'amuse avec les enfants. Je finis mon clope interdit et, les mains dans les poches, fais le tour du parc. Il y a ce bar portugais encore ouvert. Une bière de merde et je rentre. Tu es nuisette et le chien se gave en gamelle d'eau. Je suis un peu défoncé. Je me colle sur mon carnet à dessin. Je bosse sur un projet à la con qui ne verra jamais le jour. Un enfoiré qui m'a roulé. Tu vas lire en ta chambre. Je finalise l'esquisse d'un bateau sur le papier, à l'encre de chine. Il est tard en soirée presque nuit. Un reste de joint sur le balcon. Le chien dort en son panier. Tout est calme. Osé-je ? Tu dors ou somnoles. Je me couche près de toi. Ton corps est chaleur et d'une possible sérénité. Tout contre toi, j'attends, le dard dur, que tes cuisses s'entrouvrent. Nos souffles se mélangent et nos corps se comprennent. Fulgurance partagée. Ta chatte chaude laisse ton intimité bouillir en moi et en quelques petites minutes trop courtes j'explose avec cette impression de plonger aux plus tréfonds de toi. J'embrasse ton cou. Mon vasculaire peut cesser de battre, j'ai touché la grâce. Je me retire sans bruit. Un clope au balcon la bite à l'air, le souffle retrouvé. La lune est pâle. Le chien dort. Je suis un peu heureux. Je te regarde dormir quelques minutes. J'ai encore envie de toi. Je me pose ailleurs pour une nuit pleine d'espoirs de nous. Même si mes cauchemars m'assaillent, je te sais non loin. La lune est pleine. Le chien dort. As-tu joui ?

Mégot du cendrier

Enfant d'une vie d'un destin façonné comme une houle, dressé, fier, face au bassin des grenouilles et crapauds gênants, moquant les roches en foule. Mollets écorchés et pieds sanguinolents, mais le sourire dessiné de l'enfant du vent. L'écume aux lèvres, la peau ruisselante de cette fièvre, de ce désir ardent de vivre, tout simplement. Les commères ivres insupportent, leurs caboches sont moches. Oui, vivre sans lumière est à ma portée. Je me sais cancrelat. Je me sais forcé à rester et j'adoube la misère. Dire que je l'aime est un faux pas. Et pleurer. Sur la faute du non inconjugué. Et que Rousseau ferme sa gueule. J'ai bien droit de pleurer. Je suis souvent syncope en mes ruelles sombres. À l'abri des dieux qui se foutent. J'envie parfois les fauteuils trop grands. Mes mains s'engourdissent quand le soleil plisse. Je sais qu'il est des jardins sans supplices. Mon âme fane. J'ai peur pour icelle. Et puis quoi ? Viennent la nuit et son cortège sombre. Même ma tignasse est lourde. Les yeux perdus sans insistance à couler sur la rue. J'égraine les perles d'un bracelet improbable pourvu qu'il me freine. Toujours en peur et pleurs de l'innommable. Sévère. Je suis mégot du cendrier.

Le chéquier sans provision de la vie

La Seine est fragile de légère glace courante sur son léger flot. Il a gelé cette nuit. J'ai les os transis. Mes mains tremblent. Absence d'alcool au si tôt matin ? Ma colonne n'a plus rien de vertébrale et je m'ennuie. Un poison dans le cœur et un poinçon dans le dos. Je souffre comme il faut. Je suis pâle comme linge. Pourri de tristesse. Que mes mains cessent de trembler et je pourrai envisager l'avenir. Mais que joie, il fait froid et sec. Il ne pleut pas. Je regarde hier et n'y vois aucune aventure. Serait-ce aujourd'hui le massacre du bonheur ? Je suis contrit de toutes mes fautes par avance. J'ai le chéquier sans provision de toutes mes insomnies. On commence par les putes d'abord vers lesquelles je ne suis jamais allé. Trop belles pour moi. Mais tout sourire et parlotes. Des Mamans, un peu. On ne se fait pas sucer par sa mère. Nadia me calme en m'offrant son plus beau sourire édenté. Elle est cul magnifique d'une franco-marocaine « dassée » comme moi. Elle étincelle des yeux. Elle me trouve pâle. S'en inquiète. Je reviens du Sud où j'ai abusé d'alcool trop fort et d'un semblant de sérénité. Tout a été naufrage. J'ai vécu l'enfer du train. Pâle, fiévreux, elle m'a tenu la main. Posé Gare de l'Est à Paris, j'ai repris un peu. Il flottait une odeur de joint bienvenue. Sur le bord du Canal Saint-Martin, je me suis souvenu. Chez moi. Un peu. Elle respirait la joie de vivre. Elle m'aimait un peu, ses yeux puaient l'amour sans lendemain. Je n'étais personne dans le cœur d'une autre. Ses petits seins et son sourire malicieux invitaient. Des nuits blanches à parler aussi. Comme si c'était nécessaire.

Nous savions qu'au petit matin, tout ça serait derrière. Pas de câlin, pas de baiser amoureux. Juste une jouissance en berne dès l'aurore. Je regarde de mes mains traçant son visage pour m'en imprégner comme on scanne. Je hume le parfum de ses cheveux trop bouclés. Je dois partir. Je me retourne et…

Remparts

Je suis encore fugue. J'ai besoin de fuir. De me détacher de l'ombre que je suis. De toute façon, je ne serai qu'engueulé en rentrant et aurai peine à affronter, de mes pupilles dilatées, en tout bon pupille du foyer par un éducateur stressé et devrai donc baragouiner d'une bouche pâteuse d'ivresse un « je m'en fous, tu m'emmerdes » et subir le lendemain les foudres du barbu en chef qui ne me supporte pas. Qui ne m'a jamais, sans raison objective, supporté, d'ailleurs. Et puis, je suis tristesse et colère. Un collégien merdeux de 4e. Je suis au rond-point de choix multiples pour choisir destination. Aucune notion du temps puisque j'ai ruminé longtemps dans le parc quand les autres sont partis, rentrés chez eux, me laissant en vrac. Nous sommes en octobre. Au regard du ciel couchant, j'ai raté l'heure du devoir, le repas du soir et la veillée. Puisque ce jour a été buissonnier, invitons-le en fugue. Sans le savoir, ruminant encore, je me retrouve aux portes des remparts et leur trop belle pelouse bien trop courte. Les quelques arbres bien élagués me montrent du bout de leurs branches les grands bois plus épais et sauvages qui cachent les pierres des monstres de pierres de jadis qui repoussaient les envahisseurs médiévaux. Je plane à ce que l'endroit silencieux, mis à part le souffle en chuchotement du vent léger, soit ma couche. Comme s'il m'appelait. Je m'enfonce dans le premier bois et une ardue pente, perdue en mes souvenirs, puisque j'ai arpenté ces remparts lors de ma première année à Condé-sur-l'Escaut et donc ma sixième.

J'ai dû m'embourgeoiser la caboche quand on m'a foutu en l'autre collège au nom plus pompeux de « Josquin des Prés ». Je me lance sur la pente légèrement boueuse et, forcément, je glisse une dizaine de mètres plus bas. Le cul boueux, et pas seulement, je me cogne la gueule sur le muret de pierres qui stoppe la glissade. Je ris tandis qu'une jolie, voire une belle bosse viendra m'embrasser le front. Je sais qu'au plus bas, il y a les entrées puisque ces remparts s'enfoncent sous la ville. Je sais aussi que l'on peut s'y perdre. Paris a ses catacombes, moi j'ai les miennes. En attendant, j'ai soif.

Il me reste trois bières et peut-être deux joints. Mais je n'ai pas de fringues de rechange. Qu'importe. Je dégoupille une cartouche, l'enquille comme un soiffard. Je descends ensuite en tape-cul jusqu'à une entrée qui me fait l'effet d'une bouche invitante. Je reste en ses bords, un peu, le temps de rouler un clope et y mettre un peu sourire dedans. Je profite de la légère lumière qu'il me reste. Le doux vent est parti. Les arbres sont immobiles. Grincent un peu leurs troncs qui doivent, de leurs racines puiser le sol. Au loin, quelques bruits de voitures. À peine. Je me sens bien. Je me retourne vers la gueule-grotte. Je n'y vois rien au-delà d'à peine dix mètres. Je sens un léger courant d'air venant du fond de sa gorge. Je me sens si seul mais si bien.

Et puis l'objet de la brouille me revient. Nous étions à faire une fête/défonce au parc de l'étang Chabaud-Latour. Notre fief. Notre casemate, les hautes herbes sur son toit et quelques joncs au bord de l'eau. Les éducateurs m'y auraient trouvé là. Endormi saoul sans doute. Dénoncé par mes frères de dortoirs inquiets ou délateurs jaloux de mes couilles de libertés et qui connaissent mes habitudes buissonnières. Inconsciemment, mes pas m'ont guidé ici. En ces remparts. En rempart. J'aime l'idée. Je me sens comme un crapaud dégueulasse de terre à la fois humide et de boue par endroits qui sèche. Je craquelle en d'autres.

Nous étions une bonne quinzaine dont cinq ou six que je ne connaissais que de vue, à enquiller bière et pétards au son des guitares mal accordées. Avec mon pote défonce, camarade de collège, nous étions les plus jeunes. Eux étaient du lycée. Des punks et des Hardos. Des gonzesses aux faux airs de Janis Joplin. Surtout une. Une autre, grande sauterelle blonde avec des jambes d'une longueur non-homologuée. Une timide rouquine qui me plaisait bien. Plus tard, j'apprendrai que je lui plaisais et je n'en aurai rien à foutre entre deux chagrins d'amours. Et puis, le coup de tonnerre en moi quand un zig a cru bon faire un bon mot en disant qu'il était l'heure que je rentre « le cas-soc' ! ». C'était sorti de la bouche d'une merde grasse et crasse. Le Zig. Le mec avait 17 ans. Il puait la mort. Il ne se lavait jamais. Ses fringues étaient soudées à son corps puisque jamais il ne se changeait. Il vivait chez sa grand-mère dans un petit appartement que même les rats avaient déserté. Sa grosse bouille suante, sa bouche bavant et ses cheveux gras longs bouclés qui cachaient des lunettes de myopes aux verres jamais essuyés. Je me suis levé. « Tu te casses le casse-sauce ? », m'épelant chaque lettre pour bien se faire comprendre de son jeu de mots. Face à lui, d'une tête de plus que moi, je lui balance à la gueule le plus beau de mes crachats au son du « tiens, profites pour t'en nettoyer les lunettes et ta gueule au passage ! ». Rire de l'assistance et un bon coup dans ma gueule de sa part. Étalé dans l'herbe, je riais. La rouquine a gueulé un truc. Un brouhaha y a trouvé écho et, au bout de quelques minutes, je me retrouvai seul sur mon tapis d'herbes, un peu de sang me coulant du nez. Ils avaient oublié quelques bières ces cons dans leur fuite de rebelles qui rentrent vite chez papa/maman et l'autre bigleux dans son taudis et sa grand-mère en fin de vie. Je crois que j'ai ri. Fort.

J'étais, même faisant partie de leur bande, le cas-social.

Je décidai pour la nuit de m'enfoncer un peu plus dans la bouche du rempart. Lesté de quelques brindilles et de bouts de bois fins et moyens, j'y allumai un feu. Le petit courant d'air venant de la gorge a aidé à l'attiser mais aussi à faire fuir la fumée au dehors. Je craquelais de plus en plus de la boue qui séchait. Il me restait un joint, de la bière et une sourde colère à évacuer. Au loin, plus aucun bruit de bagnole. Je me souriais à moi-même comme je le fais souvent encore aujourd'hui quand je sens l'apaisement me tenir malgré la tristesse refoulée. Reste la colère sourde.

Plus que le léger courant d'air de la gorge profonde de mon rempart, des bruits étranges me parviennent comme en chuchotements légers. Je me vois qui me berce. Les uniformités des pierres me strient le dos mais la douceur du parfum de la mousse humide fait coussin. Et, tout à coup, un autre bruit sourd se fait entendre. Se mêlant aux chuchotements des remparts. Je me décide à en rire plus fort, ce qui trouve échos au plus profond de la gorge. Je ris de plus en plus en plus fort en écho car c'est mon estomac le chef d'orchestre en cette symphonie du cas-social qui se fout du monde infernal. Certes, mais le ventre vide. Il me faut me rendre à cette évidence de n'avoir rien mangé depuis je ne sais plus. Je crie un « ta gueule » qui s'engouffre, résonne au travers du dédale nourri d'obscurité. Regardant mon petit feu mourir un peu, je me dis qu'il ne manquerait plus qu'une patrouille de pipistrelles à inviter au bal. Et rire plus fort encore.

J'ai épuisé la défonce. Reste à dormir presque séché et craquelant à chaque mouvement. Les chuchotements ont laissé place à un insoutenable silence qu'a dû faire fuir les grondements de mon ventre réclamant.

Au petit matin, effectivement, une poignée de pipistrelles regagne ses pénates, sans doute repues et me sert de réveil. Hirsute de crâne et craquelant toujours, je refais surface. En mon petit feu de brindilles et de petit bois, il reste quelques étincelles. Je pisse dessus et m'attaque à la lumière, un peu fiévreux de gueule du lendemain et de la correction à venir. De retour vers les arbres élagués que je salue pour l'hospitalité et leurs indications, je perçois le bruit du monde qui se réveille à peine finalement. Il fait encore un peu nuit mais le jour perce. Lune et Soleil font montre. Au sortir du lieu-dit des Remparts, je ris. Mais, pas trop fort.

Je regagne le foyer.

C'est le petit-déjeuner. Je passe inaperçu, c'est JC le myope qui surveille. Je monte prendre la douche. Me change sauf du slip, pas de rechange. Ni chaussettes. Je ferai sans. Je descends au réfectoire me servir un bol de café au lait dégueulasse. Mon ventre aboie. Pas le temps de manger le bout de baguette molle et leurs portions ridicules de beurre et de confiture. Jusqu'à ce que claque ce « tu étais où Ervé cette nuit ? » Un fou-rire m'enveloppe que j'ai peine à contenir. Je l'invite à m'écouter et lui raconte toute la vérité. Assis, face moi qui lui narre mes dernières heures loin d'eux, grignotant au passage le repas du matin, il écoute attentivement. Mes Cas-Soc' et compagnons d'infortune se régalent de ma fugue, de ma défonce, de la bouche et gorge des remparts et les fées pipistrelles qui servent de réveille-matin. Il est bon bougre tout en me signifiant qu'il devra faire un rapport. Tout le monde rit fort. Moi pas. Puisque je m'en fous. Je vais retourner au collège ce jour. M'y ennuyer en évitant tout le monde. Et puis, il me reste une bière dans mon sac et un reste de joint. Pour juste avant la sonnerie.

« Vous n'étiez pas là de la journée hier Ervé, avez-vous un mot d'excuse ? »

Comme il s'agit de ma professeure principale et qui plus est ma professeure de français, je lui propose de lui en faire une narration écrite pour me rattraper. Toute la classe a ri.

Défonce vient me voir et s'excuse pour la veille. Je ris. Il le prend mal, je me souviens. Il m'explique la situation de Zig le binoclard crasseux. Et alors, ça lui donne le droit de m'humilier ? J'avais piqué des bières au foyer. On s'est posé sous les sapins du petit parc devant le collège et on a fumé un joint qu'il tenait de son frère. Défonce, Bruno de son prénom, était aussi timide que moi, avait une famille de merde comme moi, mais comme j'étais un môme placé, il pensait, comme les autres, que c'était le festin tous les jours. J'ai ri. Et pleuré en même temps. Avec nos mots d'adolescents, avec tout de même nos bites quasi d'adultes, nous avons signé un pacte. Celui de ne plus rire du défaut de l'autre. Je n'ai pas signé. Zig m'avait fait mal. J'ai ri.

Plus tard, au sortir du lycée, Zig, qui avait une chouette voiture, une Alpha 33, bas de caisse, m'a proposé de m'emmener. Je ne voulais pas. Mais j'ai dit oui pour le principe. Il en est mort. La voiture aussi. Pas moi. J'ai ri nerveusement de m'en sortir indemne. Enfin, vivant. J'ai ri bien après.

Je suis rempart à vos regards ou à vos mots par ma volonté de ne pas vous laisser le dernier. Je suis fragile de peau mais pas des os. Colonne fragile ? Certes mais, j'ai pour moi le droit de me tenir debout et faire face. Aucune peur, comme toute haine, ne m'anime. On se moquait ? J'en riais. On se riait de moi ? Je souriais en arquebuse. Quand on naît môme comme moi, on déchiffre à travers les yeux et on connaît les carapaces où les caresses. Et, l'on sait rire.

Les pipistrelles me manquent.

J'ai envie de rire...

Je voulais être poète mais je suis devenu écrivain.[1]

1. « Je voulais être poète arabe mais je suis devenu romancier de langue française parce que j'ai lu *L'Étranger* à l'âge de qatorze ans... » Yasmina Khadra (Mohammed Moulessehoul).

Y'a quelqu'un ?

Ma question reste mal orthographiée mais peu importe, non ? Vu ce qui suit…

Dans le plus noir de la nuit, tu te retrouves assiégé jusqu'aux entrailles. Ton bide est en enfer. Ta voix, ton cri sourd sont secs. Tu déglutis du sable sale et un serpent te sort du colon. Tu supplies que l'on mette fin à tes souffrances. Mais qui supplies-tu ? Tu es perdu mon garçon. Rien ne t'appelle et toi tu cries. Pauvre hère. Je te vois, carcasse, recroquevillé en ton lit trop grand et l'orage qui te pisse dessus via la fenêtre éventrée par ce diable de temps. Tu cherches au bas du lit la protection. En un cri sourd cependant. Ne pas réveiller les autres. Les cauchemars ne se partagent pas. Mais, le lit mouillé, il est bien réel. Pas mouillé de pisse mais de la tempête qui hurle au travers de la fenêtre déglinguée par le vent vorace. Enfant de la peur. Mutique. J'ai appris à aimer mes cauchemars. Avec le temps et une façon radicale de me voir de nuit en sommeil. Je sais que je rêve ou cauchemarde. Le peu de temps que j'accorde à mes nuits. Ce cauchemar est récurrent et fatigue mes envies de vivre parfois. Tout comme celui de la falaise qui m'a appris le vertige.

En ma fabrique de rêves et de cauchemars, tout se lie. Le peu que je dorme, mes échappées nocturnes sont denses et concentrées. Lourdes au réveil qui arrive, le lacrymal aux yeux collés du sel sincère. Presque soudés. Et puis viennent les minutes de lucidité. Je suis en vie. Entre battements de cœur et poussière, frauduleux trépas aimé-je chanter à bas bruit. J'aimerais tellement une épaule tranquille et de doux réveils. Moins fiévreux. Surtout. Peut-être aussi un amour. Et la question est. Il y a quelqu'un ? Quelqu'une ? L'amour est un chien de l'enfer, hein Hank ? Oui. Chercher l'amour, c'est comme, un peu, fouiller dans les pourritures de la vie. La tienne de vie. Tu la détestes. Comment t'aimer alors ? Comment aimer tout court. Alors écrire. Comme un fou. Griffer, gicler sur le papier sans faute de petite frappe. Je suis écrivaillon en quête de quelqu'un. Quelqu'une. Il me faut ouvrir un peu les rideaux de la grotte où je m'enterre. Respirer le soleil de septembre et croiser un peu le regard des autres. Mais le monde m'abrutit. Je maigris à vue d'œil et me demande comment je tiens encore debout. J'ai encore perdu une dent ce matin au réveil. Il m'en reste encore 9 à perdre. Encore un cauchemar mais celui-là bien éveillé. Le pourquoi de ma non-envie à rencontrer et, surtout à parler. Rire. Sourire. Juste en pleurer. Se dire qu'à la dernière, ce sera la fin. Le dernier souffle. Ai-je hâte ? Oui.

Et je pense à Elle. Il y a quelqu'un en elle pour moi ? Je devrais être là pour la cajoler, lui faire l'amour, la baiser, nous confondre, nous allumer, partir, voyager, se languir et s'aimer tout simplement. Je suis tribu de manquements. De manques.

Mon âme légère souvent flâne du côté des beaux souvenirs. Je réalise que je suis presque mort. Pas loin du lieu qui m'inspire. Qui. S'il y a quelqu'un…

Mon épistolaire et des pieds nus

Il m'arrive souvent d'arpenter les rues de vos villes, les pieds nus. Le cœur serré, perdu en votre jungle. À pas d'heure. Toute image inquiète quand on y pense. Un clodo qui déambule en vos allées. Aux portes de chez vous. Qu'a-t-il donc en ses gros sacs lourds ? Pourquoi lui ? Et pourquoi à présent ? Je voyage un peu. Je ne suis pas là pour vous plaire. Je m'absente le jour pour profiter de mon amie la nuit. Maîtresse et amante. Bouleversante sur tous les versants que ses montagnes me tissent. Ses falaises de pierres et de fracasses invitent. Je vais t'écrire à toi qui luis au loin et me taquines doucement. Je suis plus fort que les marées bretonnes, par exemple, et plus déterminé qu'un bateau ivre. C'est dire la prétention. Je suis presque tristement heureux que la nuit pointe. Il n'est pas loin de 21 heures et je n'ai pas encore tout bu. Je suis triste de ça. Je me sais demain accaparé par mes soupirs de la veille. J'ai un peu froid aussi. Je me restaure si peu. Et galope beaucoup.

Tu as fait de toi une épistolaire. Mon revolver. Mon flingue à la cartouche qui fait mouche et jamais ne s'enraye. Tu es pressante et présente en mes courts moments de répit. Tu danses et c'est beau. Et puis tu me quittes comme on désamarre un bateau pour le plus rien à l'horizon. Je vacille. Avec toujours cette peur du vide. Alors je gnôle et me languis.

Depuis quelque temps, j'ai lâché mes cheveux. Je les ai coupés un peu à l'arrache. Rébellion enfantine qui ne dit pas son nom. Je le regrette face au miroir déformant de mes souvenirs. Je déteste me regarder.

Tantôt tu m'as fait part de tes inquiétudes au regard du monde ambiant. Je t'ai répondu que quelque part, j'aimais nos échanges épistolaires. Tu as tourné ce message en boucle m'as-tu écrit. J'ai souri en bruines de septembre. Je te voyais fabuleuse sous un ciel lointain. Je me suis assis sur un banc, non loin du tramway, pour pleurer un peu. La pluie s'est faite fine. Le sol était chaud sous mes pieds nus.

Mes dernières nuits sont péniblement courtes. J'ai besoin de vivre. Comme si dormir était une perte de temps. Tout me hante. Le besoin d'écrire. De vomir les mots. Griffer. Griffer. Griffer. Mordre aussi. Je crois, il me semble en tout cas, avoir rêvé d'un frère. Lequel ? Je ne sais plus. Il avait l'air beau et fier ce fils de pute. Et puis Elle aussi. Sans cesse. J'aurai dû l'aimer plus. Ce petit matin est gris et au goût d'automne. Une Reine est morte et je m'en fiche. Ma mâchoire me peine. Je lis Guy par intermittence. Je dois rendre copie. Mes mains fourmillent. C'en est pénible mais pas douloureux. Il pleuvine. Je dois sortir de ma grotte mais les jambes sont lourdes. Je me sais sursis. Elle rôde non loin. Je bois et fume beaucoup. Trop. Je me crame. Qu'elle rôde après tout, elle me suit depuis mon premier cri. J'ai relu un peu Rimbaud aussi. Sans en ouvrir le livre. Juste de mémoire. Les ondes grésillent d'un monde qui va plutôt mal. Et puis je serai sourire mardi. Je vais traîner en librairie. La grotte est sombre. Les lumières d'été sont éteintes. Mes jours sont nuits.

Et puis, le mal, forcément. Je pleure l'absence d'enfance. Mes étangs et rivières me manquent. Reste le ru des rigoles. Le bateau de papier qui tangue. Il est doux parfois d'être sans identité douloureuse. Mes excès m'y aident et me flinguent. Crever ? Pourquoi pas ! Mais j'aime trop. Un léger froid me traverse. Je suis pieds nus. Un clope se rappelle à moi. Mes poumons peinent. Il me faudrait dormir. J'ai une carte postale à envoyer aussi. Qui écrit encore sur un bout de carton de nos jours ?

Tu me quémandes de t'écrire. Vers quel inconnu ? Tu pleures beaucoup aussi. Nos sels sincères. Je me dis que je pourrais t'aimer mais je m'agace. En mes courtes nuits, tu me saisis le cou. Souffles en ma nuque. Et rires stridents qui me saisissent en réveil fiévreux. Il est de merveilleuses âmes qui dépassent toute attente. Tu es cavalière de mes échappées nocturnes. Je t'écris à l'arrache. Toi seule comprendras. Va nu pieds clodo !

Je dois achever mes morsures…

L'œil gauche

« J'ai de mes ancêtres les Gaulois, l'œil bleu-blanc mais je ne graisse pas ma chevelure… » Sacré Arthur ! Moi je me coltine un compère-loriot en permanence. À l'œil gauche. Toujours. C'est comme un rocher soudé à la paupière. J'ai la tête qui penche de côté. Le crin gras naturel. Je secoue les boucles de mes oreilles. Je plisse. Une aiguille pour percer cette boule chiante. Mais ne pas me crever l'œil. Les yeux. La seule chose que l'on retient de moi. À en devenir agaçant. Marina me revient. Une belle du collège. Rouquine toute fine. Rouge de timidité quand nos regards se croisaient. Je suis passé à côté de ses yeux aussi clairs de bleu que les miens. On aurait pu se noyer si je n'étais pas aussi trouillard à déclarer flamme. Marina, ça invite pourtant. Elle était d'origine polonaise et avait une tripotée de sœurs toutes aussi belles. J'ai traîné un peu, non loin de chez elle quand j'allais me saouler la gueule au Dolmen, un bistrot prisé par mes éducateurs de l'époque. Un bar à soiffards. Ville d'Odomez. Le Z ne se prononce pas. J'y retrouvais une de mes professeures de français. Sylvie. Je l'aimais beaucoup. J'ai découvert le théâtre et l'amour de l'écriture avec elle. Elle vivait sur une péniche. Son mec, Franck, était guitariste de talent. Il est mort subitement. Je me souviens en avoir été triste. J'étais ado qui picolait avec eux. Non loin de la cité de merde d'Odomez ou Marina dormait donc.

C'est par un samedi d'hiver pénible que j'ai osé lui proposer. J'avais fait toute la route à pied puisqu'en ces patelins de merde, pas de bus. Une bonne dizaine de kilomètres. Tout ça pour m'entendre dire qu'elle avait trouvé un connard entre-temps. Je suis reparti, penaud et pleurant un peu. Je crois que c'est là que mon œil gauche a commencé à partir en vrille. Je me l'essuyais dans la manche tout du long du chemin. Est-il possible de ne pleurer que d'un œil ?

En rentrant au foyer, ce connard d'éducateur se foutait de ma gueule à me voir chagrin d'amour. C'est à ce moment-là que dans l'intimité de ma petite chambre j'ai commencé à me taillader les veines. J'en porte encore les cicatrices. Je buvais de plus en plus. Me défonçais davantage. Et, de plus en plus régulièrement, les vaisseaux de l'œil gauche explosaient pour inviter une sale tache rouge. Seule l'infirmière du foyer constatait ma détresse. Elle me choyait à coup de collyre. Elle a fait un signalement pour « tension nerveuse » qui n'a pas trouvé suite. Je la surnommais « ma reine ». Elle en souriait, Marie-Antoinette. C'était son prénom merveilleusement composé. Les cheveux bouclés courts d'un noir intense. Le regard, tout aussi noir, surligné de bleu. Sa voix douce apaisait. J'adorais aussi quand elle m'engueulait parce que j'avais toujours un clope au bec. Je lui répondais « Oui M'man ! ». Elle en riait merveilleusement bien.

Et puis ce choc. En un certain hiver très froid et très sec. Les neiges assommaient le paysage sous un soleil glacé. J'étais aveuglé. À en avoir peur. Je ne pleurais pas de chagrin mais mes yeux se plaignaient d'eux-mêmes. Les réverbérations sur le sol gelé d'un blanc immaculé me perforaient les rétines m'offrant pour l'occasion des migraines d'enfer. « Conjonctivite allergique » m'ont-ils dit. Ainsi le soleil ne m'aimait pas. Pas plus que le tout néon. Dans la catégorie cumul des emmerdes, je crois que je suis bien mal né.

Je l'aimais tellement fort qu'elle m'en explosait les veines. Le rideau de ma vie était rouge écarlate. Telle sa robe. Salope qui me rendait dingue. Elle se savait belle de ses boucles huilées et le parfum des belles du sud. Elle a foutu mille de mes nuits en l'air cette garce. C'est par ma faute et pour mon obsession pour cette femme que j'ai réellement perdu l'amour de ma vie. Elle me donnait le mal. Jalouse de mon aura. Elle me voulait. C'était pratique quand son mec bossait de nuit. On baisait comme des dingues ; nous étions en feu. Hallucinant de baise et d'amour aussi. Je le voyais en ses yeux de pauvre fille. Au travers de nos regards. Elle avait l'aplomb des gamines issues de l'enfance difficile. Des guerrières. Des tueuses…

Sa peau était miel des filles arabes. Magnifique de douceur et de sensualité. Elle rendait fou. Et le savait. Elle m'a pendu et je lui en veux à tout jamais. Sauf une nuit. D'une chaleur inouïe. Nous étions en septembre. Début. Il faisait un peu frais en nord et en ce soir. Elle a allumé le feu. Le vrai. Celui de l'âtre. Il y avait quelque chose qui flottait. Sa manière me rendait dingue. Elle me faisait peur autant qu'elle me fascinait. J'ai proposé que l'on dorme chez moi. Elle a refusé. Je suis donc parti abruti le sourire au vent. Le lendemain, de fureur, elle est venue me griffer l'œil. Je l'ai baisée contre le mur tandis que le sang de ma paupière coulait encore. La violence passée, on a baisé une seconde fois, plus apaisés. De câlins en tristesse. Fou de sa peau brune et du goût de son intimité. Elle me savait fou d'elle et m'en a pourri la vie. Je trace cependant tout sourire en me disant qu'elle doit bien s'emmerder à ne plus baiser contre un mur, à l'arrache. Elle est aussi moche que moi aujourd'hui. Elle n'a pas pu avoir d'enfant. Je suis triste pour. Elle a pourri ma vie lors de baises. Elle a foutu en l'air mon avenir. Pour des galipettes. J'avoue, les noires nuits, elle me rendait fou.

Elle était une merveilleuse petite saloperie sûre d'elle et moi le crétin qui lui ai cloué le sourire, pour toujours, en ne revenant plus la voir. Une nuit…

Il t'a pris par la main, t'a détourné de ta vie tranquille et t'a fait découvrir la vie en marge, la vie de l'homme qui marche les poings dans ses poches crevées. Il y a du Giacometti et du Rimbaud dans cette écriture qui, jamais, ne chouine dans un détestable misérabilisme. Une plume séduisante et sèche à la fois, élégante, sans rien qui pèse ou qui pose, toujours sur un fil. Une écriture de funambule, à deux pieds de tomber, mais qui toujours s'accroche aux métaphores poétiques ou à l'empoignant réalisme.

Toute lecture est un acte d'amour entre l'auteur et son lecteur, une plongée dans son intimité, un corps à cœur unique et inoubliable.

Puis viennent les adieux sur un trottoir, sur le quai d'une gare, sur le ponton d'un navire.

Après l'étreinte des mots, l'au revoir au corps du texte.

Je ne referme pas complètement ce livre, je laisse la porte entrebâillée, ouverte aux quatre vents, aux courants d'air, aux curieux qui voudraient découvrir cette écriture carnassière et à ceux qui ont tout lu mais qui voudraient encore s'en repaître, aux esprits avides de prendre les passages d'Ervé plutôt que des routes toutes tracées.

Autrement

Je passais des nuits à ruminer ma vie de merde. Je voulais vivre autrement. Mon corps se déglinguait. Je le faisais souffrir. Vomir au petit matin était routine. J'étais souvent sale aussi. À l'époque où je me rongeais les ongles, ça se voyait un peu moins. Après les yeux, ce sont les mains que l'on regarde le plus. J'ai été longtemps décharné du bout des doigts. J'avais encore mes dents. Je me rongeais la matrice. Jusqu'au sang. J'ai vu, autour, des amputés de la vie. Un pied. Une main. Quand tu es mal soigné, la rue défonce tout. Mon côté oiseau de nuit faisait que je passais au travers des regards. Mais tout ça ne dure qu'un temps. Sans lumière du jour, le corps s'effondre. Et que dire du cœur. « Tu vas t'écrouler comme une merde sans nom », me disais-je souvent. J'ai autrement cru à cette pseudo-liberté qu'offrirait la vie en marge. C'est tout l'inverse au final. On se fracasse. On se dispute avec soi-même sans cesse. L'intériorisation m'usait en sourdine. Ma voix dedans mon crâne qui se moquait. Autrement, il y avait ces autres. Ces hères de rue qui se faisaient pires que moi. Trébuchant sans cesse. J'apprenais à leur rencontre un potentiel que je pouvais faire mien. Celui d'être autrement. J'ai donc appris la prétention à. J'ai accepté d'entendre que je pouvais. J'ai cessé les drogues qui me donnaient cette illusion de m'envoler. J'ai gardé l'alcool, cette drogue dure. Et le tabac aussi. Je vivais depuis toujours autrement. J'étais né autrement. Je subissais le monde autrement. À moi de faire cet autrement un nombre de moi et plus ombre formelle. Il me fallait vivre. Autrement.

Il me fallait oser. Faire mille métiers. M'y accomplir. M'assumer. Avec, toujours, cette petite cloche de poésie pour supporter mes journées. J'aime me cogner le front sur la table de dur bois quand mon esprit se fait dépressif. Je caresse l'autrement. J'ai lu beaucoup d'autres vies. À moi d'écrire la mienne. Autrement…

Le petit pont viaduc

Il marche en nuit d'octobre pluvieux. Il fugue à nouveau. La pluie ne voit pas qu'il pleure. Sa nuque est noyée. Il avance comme qui court. Sur le macadam détrempé les lumières de la ville réfléchissent. Lui ne pense plus. Il trace. Au sortir de la cité, il emprunte les chemins boueux. Il marche. Beaucoup. Jusqu'à se poser sous le pont de brique d'un autre temps. Le pont. Un peu à l'abri, le cul trempé, il oublie de pleurer en se roulant un clope. Sûr que les gendarmes sont déjà prévenus de son absence, il est sourire. Mais quelle connerie que de s'être enfui sans manteau. Il grelotte. Le pont de brique poussiéreux a cette odeur de ciment mouillé qui arrache les narines. Sous lui, un reste de ce qui fut un feu de camp l'invite. Mais il n'a que quelques allumettes. Et le petit bois de brindilles alentour est trempé. La notion d'heure n'a pas droit de cité. Il va prendre le temps. Le sien. Il imagine des gyrophares au loin. Il se sait sur la liste des enfants fugueurs. Il sait qu'ils iront en premier sur ses derniers lieux de fuite. Il en rit. Ce petit pont leur est inconnu. Oui. Il a le temps pour lui. La pluie cesse. Il ne pleure plus. Le tabac lui tourne la tête. Il tangue de sommeil mais se refuse à dormir. Il veut rester de nuit. Tel un veilleur. L'arche du pont semble une bouche perpétuellement ouverte à l'accueillir sans se refermer. Il retient une puissante envie de crier. La poitrine lourde il ramasse du petit bois. Pour plus tard. Pour moins grelotter. Haut dans le ciel noir, quelques étoiles lui sourient d'une banalité convenue. Il sent aussi l'odeur de rouille des rails de chemin de fer abandonnés sur le toit du pont-viaduc. Les herbes folles légèrement agitées par le petit vent. Il arrive à distinguer un peu le jaune, en lueur, des fleurs de pissenlits. Il fagote pour se préparer un petit feu et retire sa chemise pour l'essorer. Au bout de deux allumettes l'arche du pont s'illumine et des ombres y dansent au doux son des crépitements. Son front perle d'une sueur un peu heureuse de sa fuite. Sa énième fugue. Et puis l'automne, bien que beau de ses couleurs mourantes, n'aide pas pour qui est empli de tristesse et de colère. Mais à ce moment précis, si près du feu, il savoure sa solitude. Il inspecte sa chemise à demi-sèche. Le torse nu lui convient pour l'heure. Il devrait dormir. Au moins un peu. Il se perd dans les braises constatant que la pluie et le vent ont cessé de battre. Il perçoit les aboiements des chiens prisonniers du chenil infâme au loin. Plus tard, un jour, il ira en scier les chaînes des portails pour libérer ses amis canins. L'un d'eux le mordra pourtant au mollet. Pour l'heure, il a faim et soif. Perdu en son feu, il s'imagine dormir sereinement, le ventre plein et l'ivresse plein la gueule. Il rêvera de sermons, de peut-être une main lourde en plein visage. Il fuguera à nouveau. Ils se lasseront. Lui foutront la paix. De l'enfance sans repère à l'adolescence tout autant, le pont difficile à franchir sourit-il de son bon mot. Les ombres amenuisent leur danse au rythme du feu qui se meurt. Lui dort. Enfin. Le torse nu sur un sol poussiéreux et boueux, recroquevillé tel un très jeune enfant. Même l'écho de l'arche du pont ne sait s'il s'agit de grelots ou de sanglots qui émanent dans la nuit tardive affûtée à bientôt mordre le petit matin. Et mettre fin à sa énième fugue…

Silhouette-songe

Tu me reviens souvent en silhouette-songe de nuit. C'est furtif. Plaisant et douloureux. Je te vois qui danses. Il fait chaleur de plomb. Un bébé trouve son premier fou-rire sur un carrelage frais subjugué par l'étrange ballet que tu proposes. Le premier rire fort de premier poumon. Quelques heures auparavant, je lui jouais comptine à la guitare. Je me vois beau, la peau bellement brunie, un peu espagnol avec ma chemise noire ouverte et mes crins très longs attachés d'un ruban noir. Nous sommes chez des amis oubliés qui nous ont laissé la maison. Alentour, tout est chaud et sec. Le fou-rire résonne encore. Ta beauté joyeuse aussi. Mais t'aimais-je à la hauteur de tes attentes ? C'est avec cette foutue question que je me réveille à la mi-temps de ma nuit. Fiévreux, toujours en ce moment-là, je me roule un clope. Fumer c'est « biberon » ou « téton » selon les psys. Raccourci freudien de merde. Ou alors aveu que les vies de merde ont besoin de contenance. Des moments du rêve me reviennent d'une réalité saisissante. Je les livre en mon carnet. Je les griffe à la va-vite pour ne rien perdre. Ne rien oublier.

Et puis cet autre. De silhouette-songe où tu es sirène en bassin d'eau torturante de chlore pour yeux fragiles. Je te regarde, au-delà du grillage, brasser. Flotter sans mouvement comme par magie. Gracieuse. Ballerine aquatique. Je suis avec l'ami canin. Je voudrais t'interpeller pour te dire que lui et moi allons à la rivière, moins agressive. Mais on ne dérange pas une danse. On ne brise pas une merveille de moment par un éclat de voix au loin. Tu croises mon sourire, au sortir de l'eau pour rejoindre ta serviette. En signe, tu comprends. Il me semble avoir le sourire un peu triste. Les rivières sont si belles.

Le clébard est comme moi. Un ru, une rivière nous inspirent. Croisepattes se sait libre avec moi. Sans laisse. Sans collier. Il cabotine le loulou ! Il est marin-chien. On se balade par des eaux peu profondes mais assez pour se laisser éblouir par les éclats du soleil qui nous parviennent par-delà les pins filtrants. Juste assez pour un petit moment de bonheur. Je crois que j'en étais heureux de ces moments simples. Un retour en enfance. Celui de mon étang de solitude. Comme si je n'avais pas le droit d'être un peu heureux. Sentiment d'imposture permanent. Encore une connerie freudienne. J'ai la psyché hors contrôle. Le loulou gambette dans la flotte. Je suis sur le haut rocher à fumer un joint et boire une cartouche. Un halo de lumière perce les pins tel un projecteur sur mes faits et gestes. Oui. Je crois que je suis un peu heureux. Mon îlot pierreux, presque, flotte. Je ne le saurais que plus tard mais tu étais venue nous rejoindre pour immortaliser ce moment. Quelques photos, merveilles de douleurs, en témoignent.

Et puis bien d'autres silhouette-songes, aussi, comme des marque-pages du livre de mes nuits agitées habité par l'enfer de devoir se réveiller. Tu es regret au réveil. Les autres songes sont colère. Abasourdi au piètre matin souvent. Si le regret est une seconde erreur mes silhouette-songes s'en détournent…

04 : 16

Je sors de ma grotte pour fumer un clope et boire un café serré. Une demi-lune fait encore la gueule entre deux tours absurdes des quartiers de La Défense éclairées de vide. Mon sommeil a survécu à peine trois petites heures. Mes nuits sont vides en ce moment. Comme l'impression de taquiner la mort. Quand j'en ai les moyens, je fume clope sur clope. Sans tousser. Je respire les parfums bitumeux d'un automne en ville pourtant. L'été fut pénible. J'en retiens le vide d'ennui. Ne voir quasi-personne. S'imbiber des brouhahas d'un monde qui va mal, ça ajoute à la déconcentration du mien, bien réel. Le petit chat sauvage est aussi matinal. Potron le minet. Je souris. Nous sommes mardi. J'ai enfilé un de mes gilets de laine mal tricoté et moche. J'ai l'allure du clochard mal fagoté et en fin de vie. D'un feulement hautain, le chat confirme. Elle prend plus de rousseur, la lune, au fur et à mesure qu'automne pointe sa truffe. Et puis, je me suis fait la promesse de placer « truisme » en mes écrits nocturnes. Chose faite. J'ai encore les fourmillements qui me parcourent les mains. Sans douleur mais beaucoup d'agacement. J'ai coupé la radio aussi. Une Reine est morte. Au loin, les guerres. Le chat se barre. Je retrouve la grotte silencieuse. Assis sur le sol, je compile mon mal-être et mes moments de petits bonheurs. Dans le shaker de mon inconscient, un œil pleure et l'autre compère complice.

Je joue un brin de guitare. Sans plus d'inspiration. Les mains tremblent un peu. La rue me manque mais y retourner serait fatal. Il me faut bouger. Respirer plus que de raison. Je ne fais qu'écrire et me détester dans le miroir. Je pleure beaucoup aussi. En petites coupures. Sur le bureau bordélique traîne un bracelet à réparer et une carte postale de Mers-les-Bains. Je n'ai pas ma sacoche à coudre avec moi. Le paysage de la carte invite. Le bracelet attendra.

Le tapis de sol m'invite et son duvet. Mon œil gauche fatigue. Et Mers-les-Bains, c'est tout près du Tréport. J'imagine le sel et le sable, la mer se confondant avec le ciel et inversement. J'aimerais vivre partout tout le temps. Les trains me manquent à l'appel. Je vais me poser un moment aux doux bruits des souvenirs du rail. Voyager que je rêve. Ou inversement.

Il est 5 heures. Je vais me poser. Un peu…

Saloperie d'ombre

Les autres parlent de leur père tandis que je vois un corbeau flotter dans les cieux. Ma tête se fait lourde et ma nuque est sur le point de craquer. Le plafond est beau de bleu pourtant en cet été surprenant. Sans nuage. Mais gâché. Je m'écroule dans l'herbe du parc sous les rires hilares des minots connards qui m'entourent. A-t-il une seule once, cet éducateur, des conséquences que ses propos peuvent provoquer ? Je râle et me relève pour lui sourire à la gueule et lui lancer un « ta gueule » ! Et m'écrouler en pleurs, l'estomac tel un serpent recroquevillé, la mâchoire tremblante à s'en faire péter les dents et l'idée que les os de tout mon corps se désintègrent. Pourquoi invoquer les parents que nous n'avons pas, pas eus, jamais, ou si peu ? C'est un travail éducatif de merde. J'invoque la tendresse en des mots comme « câlins », « baisers », « tapes sur la tête », « des mots doux sur la joue » et même des « claques dans la gueule » si nécessaires parce que je ne suis à la hauteur à l'école. Mais qui décide de ça ?

Voit-il ma détresse ? Non.

Je veux connaître mon père puisque les autres en ont un. J'ai huit ans. Je suis en short, chemisette verte et blanche à carreaux ridicule. En sandalettes et socquettes de semaine alors que nous sommes samedi. Jours de visites des parents pour les enfants placés. Ce n'est pas pour moi donc. Je me sauve, alors, pour mes nénuphars et têtards aux bords du bassin plus bas, loin de leurs étreintes feintes. Ils ont leurs habits du samedi. Eux.

Je pleure à écrire ces mots en regrets de mes têtards et grenouilles en devenir. Les nénuphars aussi. Tandis que résonnent en souvenirs les rires des enfants heureux pour quelques petites heures de visites. Je distingue une ombre à chaque fois que ces souvenirs me reviennent. Les nuits que vous savez déjà fiévreuses. Cette saloperie d'ombre qui n'a aucun visage. Ce fils de pute qui a baisé ma mère et s'est barré. Impossible d'en savoir plus sur lui. Une ordure issue de Bretagne et venue dans le Nord fuyant sans doute quelque chose. Pour tout dire, je m'en fiche. Avoir un père pour ordure est déjà pesant. En savoir plus, serait oppressant. Ce qui est en fait le mal de ma vie. Je pleure…

Saloperie d'ombre.

Celui qui échappe à son frère

Vers ses dix-huit ans, il avait déjà du cheveu blanc sur la frange qui lui conférait un air de sage. Son regard bleu électrique ajoutait à son charme. Il bottait sévère. Tout le monde l'aimait. Tout en muscle et petit gabarit pourtant. Seul son cerveau était peu musculeux. À l'école des crétins, il aurait été au tableau d'honneur. On ne s'aimait pas, pas plus que l'on se détestait. Je le jalousais un peu cependant. Il en imposait sans ne rien faire. Sa présence suffisait. Quand à ma venue en ce second foyer, pour mon entrée en sixième de collège, le simple fait d'être son frère calmait les agressivités à mon encontre. J'étais un moineau timide, peureux et tremblant. Lui, une boule d'énergie paisible qui suscitait la crainte. Ma première année de collège s'est donc passée sans trop de violence. Pour mon entrée en cinquième, j'étais bon élève, on m'a muté pour un autre établissement. Collège Josquin des Prés. Disons un peu plus sélect. C'est en ce lieu que je suis devenu cancre buissonnier paradoxalement. Lui s'en allait en classe techno. Du côté de Crespin, ville de merde pour plus tard penser devenir installateur-conseil, nom ronflant pour dire « réparateur de frigo ou de machine à laver ». Il était doué pour ça. Nous vivions au sein du même foyer sans se fréquenter. Un peu le frère que je n'ai jamais eu, au final. Il était sage, j'étais rebelle. Il était calme, j'étais fugueur. Il restait dans les clous, j'étais arrogant. Encore aujourd'hui, je lui en veux d'avoir quitté Nathalie pour un quelconque flirt de vacances. Nathalie était formidable. Elle m'était demi-sœur. D'une beauté. D'une tendresse attentive. Je l'ai vue pleurer quand ce fils de pute l'a larguée. J'ai éprouvé vraiment de la haine à son encontre. Je me suis détourné de lui à tout jamais.

Le temps qui casse et, par la force des choses, a fait que nous nous sommes perdus de vue. On se foutait l'un et l'autre de la vie de chacun. À mon retour de Londres, début janvier, je l'ai croisé. Toujours aussi beau et magnétique. Tout grisonnant du crin et bleu troublant des yeux. M'annonçant que je suis « tonton » d'une petite gamine. Je le sens obligé de. Je décline. Je fais nuitée en hôtel. Insistant, il me propose un dîner et de passer la nuit chez lui pour économiser un peu. Il veut me présenter sa femme. Il est marié. Je le sais. Il m'avait invité à son mariage de merde où j'ai pu revoir sa belle-sœur avec qui j'avais baisé jadis et que j'ai de nouveau... Enfin bref. Passé le repas alimenté de maigre apéro et de vins, passés la nuit et le petit déjeuner chiant, j'ai quitté les lieux refusant toute locomotion. Je voulais marcher, mon sac lourd sur les épaules. J'avais la colère de lui crier à la gueule que sa femme ne serait jamais Nathalie. Je l'ai juste chuchoté, les yeux mouillés. Et puis j'ai souri en repensant à sa gamine qui venait de poindre. Je suis « tonton ».

Étrangement, je ne ressens rien à n'avoir pas réellement de frère même si je fais partie d'une fratrie. Nous avons été vêlés, tout au plus. Des étrons du même sang. Sans plus. Comme j'aime à le dire, effronté, j'embrasse mes amis et je serre la main à mes frères. Je n'en ai connaissance que de deux. Le grisonnant, donc et le taulard suicidé. Nous nous sommes revus brièvement. Une quinzaine d'années avait avalé nos distances. Toujours aussi gris de beau aux yeux qui flinguent. Sa femme toujours aussi moche puisque ce n'est pas Nathalie. Deux gamines dont une au prénom moche. Une belle maison. La grosse bagnole familiale. Le fourgon pour le boulot. Fier d'avoir un voisin gendarme et un beau-père banquier. Allergique au clébard, mon ami canin, Croisepattes, a passé sa truffe dans la bagnole le temps qu'on enquille un apéro vite expédié. Il ne boit pas d'alcool ce con mais il avait tout de même du pastis car beau-papa picole, lui au moins. Ses gamines me scrutaient plus que ne me regardaient. J'étais SDF sur Paris. Rien de choquant pour lui. Elle m'en fera la remarque, dans la voiture quand nous quitterons son patelin à la con, Rumegies et son camping pluvieux. C'était un dimanche. Il aurait dû nous offrir le repas traditionnel, le fameux poulet rôti, patates et petits pois, typique du Nord de la France. Mais comme il s'agissait d'un repas familial, nous n'étions pas conviés. J'avais picolé un peu. C'est déjà ça. J'ai dit à Elle que la femme du frangin était vraiment définitivement moche. Je sais qu'Elle a parlé de mes nièces. Aujourd'hui encore je n'ai aucune idée de ce à quoi elles ressemblent. Je me souviens juste du prénom moche de l'une. Je lui ai envoyé une courte carte sans retour quand premier poumon a déboulé dans ma vie bancale. « Tu es tonton. Ervé. »

Dans la rue, mes comptants-pour-rien me surnomment « tonton » ou « l'ancien » et me demandent régulièrement des nouvelles de mes deux poumons. Mes frères et sœurs de rue. À croire que j'ai la famille que je mérite. Celle que je me suis cousue en patchwork improbable.

Je pense à lui, de temps à autre, quand je me retourne sur le passé. Je suis aride en fraternité sanguine. Je sais qu'il va bien. Même si je n'en ai rien à faire.

De retour, il a hanté ma courte nuit. Au réveil, j'ai effacé sa gueule de mon esprit.

Il est. Sans plus.

Avec l'intuition que l'orage arrive

Doux matin frais. Je tremble un peu au bord du Canal Saint-Martin sur mon banc apéro. Kris Tatoo déboule avec son Pitt. La balade matinale du vieux Loulou, mort depuis, avant d'aller piquer à l'encre des peaux. Il me dépanne un clope. On bafouille des bricoles et puis s'en va. Kris a quitté Paname depuis. Je dégoupille une cartouche. Ma première gorgée de bière. Il fait soleil frais. Mon pouce droit me chatouille les nerfs. Il a pris cher avec un couteau à désosser il y a quelques années dans les arrières cuisines d'un restaurant. Il va pleuvoir. Voire même, ça va cogner. Si c'est mon pouce qui le dit…

La nuit, comme à son habitude, n'a pas été complète et le matin se fait pénible. Ai-je mangé la veille ?

La vieille habitude de balancer du pain aux canards que les mouettes se disputent. Un beau bordel au ras de l'eau. Le cygne s'incruste. Je balance entre nostalgie et mélancolie en regardant mes godasses bousillées. Depuis quand les traîné-je ? L'alcool fait son effet. Je flotte un peu, doucereusement. Cet état de l'entre deux. Triste mais joyeux un peu. Je pense à Elle et peste sur ma condition. L'amigo Page passe me voir. Il m'emmerde avec son rire strident à la con mais je l'aime bien ce triste sire. Il me file une bière et se roule son clope mégot joint. Il me le propose. Je refuse. Pas de drogue en journée depuis un moment. Il me sait taiseux alors il ferme sa gueule. Il a réussi à publier son bouquin « Belleville au cœur ». Il en parle sans cesse. Mais pas avec moi. J'ai lu son livre. Il y manque la sincérité. Il aurait dû l'écrire seul. C'est la seule remarque que j'ai pu lui balancer à la gueule. Mais être publié, ce n'est pas rien. Une maison d'édition suisse. Il est Suisse. Je souris. Je suis loin d'imaginer que quelques années plus tard mon premier livre sera édité. L'amigo Page se casse pour aller bouffer. Mon pouce m'indique l'orage à venir.

Les courants d'air frais me pincent. Peu dormi, le ventre vide depuis combien ? Je suis fébrile. Je tremble sans le vouloir. J'enquille. Il me faut bouger.

Je pisse sur les murets bienvenus du second pont du Canal, à l'abri des regards. La sanisette plus avant est encore bloquée. Encore ces clochards qui l'ont saccagé. La bite à la main pour le besoin pressant, je lève les yeux et, drôlerie de l'instant, une Chouette se tient, endormie je pense, à l'abri d'un platane pourri. Elle est « Hulotte » et ça me fascine. Je passe une bonne heure à l'observer et puis elle prend son envol de jour sans doute pour des ilots plus verdoyants de banlieue puisque Paris pue. Je distingue alors mon pouce. Le ciel devient gris lourd de nuages de plomb. Sous peu, la rue va pouvoir danser sous une pluie drue.

La vessie soulagée, je me pose rue de la manche à m'ennuyer. Je souris au souvenir de la Hulotte. Tout est gris, du ciel à la terre. Au loin, ça gronde. Le coton épais est plus qu'épaissi. Le patron du « Bistro des Oies » me demande si j'ai mangé. Je lui mens comme à mon habitude. Il ne me croit pas, comme à son habitude. « Je vais m'occuper de toi ! », me lance-t-il. J'ai le bide vide de bouffe. Je ne fais que picoler. Et fumer. J'avoue, caresser une gamelle me ferait du bien. Je suis maigreur.

Le petit soir m'invite au bar pour goûter un nouveau blanc. Stéphane, comme à son habitude, est généreux.

Tu bois mais tu manges. Je m'y sens bien en ce *Bistro*. Quelques clients habituels qui me connaissent ne me jugent pas. Ils connaissent ma condition. Sauf une conne du quartier. Pimbêche. Il est rare mais je n'ai que mépris pour elle. De plus elle est moche. Toujours à se plaindre. Le rouge de ses lèvres dégueule. Et le vert de ses paupières. Une insulte à tous les regards. Je suis posé au fond du zinc de joli bois verni. De dos. Le vin blanc est bon. Terreux. « Comment tu le trouves ? » « Carré ! » Stéphane s'interroge. En effet, tout le monde a tendance à trouver les vins ronds en bouche, en spécialiste à la con. Pour moi, il sera carré. Le patron *des Oies* en sourit. La gamelle déboule. Chaude et fumante. Un Parmentier de canard généreux. La fourchette tremble tellement j'ai faim finalement. Déchéance de ma condition, mon estomac mesure la taille d'une noix. Au bout de deux bouchées, je suis calé. J'en viendrai à bout, pourtant, de cette gamelle qui finira froide en bloc de ciment lourd en mon bide.

Je me sais squatteur de la cave pour la nuit à venir. Roulant mon clope au dehors, je sais le ciel malveillant pour les heures à venir. Il va cogner sévère. Tout est électrique et le vent s'énerve. Il se fracture sur les façades des murs des immeubles qui se font face. Les porches d'entrée se font bouches fermées. Les fumées de mon clope se font avaler à peine sorties de mes narines. Je retourne finir mon verre de blanc.

Mon pouce droit m'insupporte tandis que l'orage pousse les portes.

Un peu ivre, j'écouterai le bruit du tonnerre assourdi par les murs épais de la cave, recroquevillé en mon duvet et couvert aussi par le grésillement de ma radio.

Et sourire et mes intuitions…

Hors le monde

Il lit, sur les quais des métros, les critiques dithyrambiques sur l'affiche du prochain blockbuster à venir au cinéma ou il ne foutra pas les pieds. De toute façon, il n'est pas gourmand de pop-corn. Un peu, il soupire.

Il s'arrête un peu plus loin pour contempler la vitrine d'une grande librairie où mille voyages de papier invitent. Il aime les livres mais se contentera d'en garder, en vagues souvenirs, leurs simples couvertures. Il y voit son reflet. Se recoiffe comme si c'était nécessaire. C'est la cohue littéraire. Il sifflote un peu.

Il plisse des yeux à la vue des terrasses bondées des bars parisiens en ce septembre clément et son brouhaha de rentrée. Des verres s'entrechoquent à coup de rires en éclats saluant les souvenirs des vacances mortes. On compare ses bronzages par ci. On évoque ses voyages par là. Un résident du quartier le reconnaît et l'invite à se joindre à eux. Il décline. Il n'a pas de vacances à raconter. Il peine à bredouiller une excuse pour se défausser. Il ne veut pas se lester d'une charge mentale inutile. Il a de toute façon le cuir tanné. Il souffle.

Il a le ventre qui grouille aussi. Les odeurs des cuisines des restaurants parfument tout alentour. Il reconnaît tel ou tel plat en préparation. Il fut cuisinier jadis. Il jette un œil aux panneaux extérieurs des menus du jour. Il ne s'est pas trompé. Au regard des prix annoncés, à nouveau, il siffle.

Il veut profiter un peu du temps clément en cet été baissant pour se poser en ce joli parc au gazon qui a repris des forces après une sécheresse passagère. Il opte pour le Parc Villemin où les odeurs algueuses du Canal Saint-Martin flottent. Ça pique-nique en famille en ce samedi clément. Le cul dans les fines herbes, il observe les ballons des enfants qui jouent à grands éclats de rire tandis que les parents s'affairent à, sur couverture bienvenue, étaler victuailles préparées maison ou alors, désolation, les merdes à emporter des enseignes bien trop connues dont les déchets viendront s'amonceler autour de poubelles à demi vides. L'incivisme est aussi de rentrée. Il soupire.

Il lui faut pisser et chier. La sanisette du Parc invite. Ou pas. Elle est bloquée pour d'obscures raisons. Il peut pisser derrière un arbre ou entre deux voitures. Mais chier ? Il se rend « Chez Prune », un bar non loin du parc cité plus avant. Il faut y consommer pour y chier. Comme il est à la bière depuis un bon moment, il commande un demi-citron, un « Twist » comme ils disent avec l'accent du barman snobinard qui connaît son métier. Il va chier. Enquille son godet délesté. En payant, trop cher pour ce que c'est, il laisse un léger pourboire, par réflexe. Quittant les lieux, il s'entend, *in capite*, mugir.

Il est bientôt temps que jour finisse. Tandis que le parc Villemin ferme, le Canal Saint-Martin s'abrutit de fêtards. Il se pose sur un banc étrangement vide pour se rouler un clope. Des jeunes l'abordent pour lui taxer du tabac. Il tend sa blague. On lui demande des filtres qu'il n'a pas. Il fume à l'ancienne. Les gamins se permettent d'en râler. Petits cons. Ils ont de quoi picoler mais pas de fumer. Il remballe sa blague et quitte les lieux pour ailleurs. Pour un il ne sait où. Il rumine.

Il se rend non sans hasard en la rue Marie et Louise. Le mardi soir le « Bistro des Oies » est fermé. Il profite donc de son petit muret pour s'y poser. En ce début de soirée, il peut entendre, malgré le bruit des terrasses du bar « Le Bichat », des vieilles retraitées se disputer le contenu des poubelles de la supérette du coin sous l'œil goguenard et défoncé des clochards du coin. Il les connaît. Les évite le soir. Les clochards. La misère. La rue. En lui, il fulmine.

Il a de quoi. Un flacon de mauvais whisky, de la bière légère, sa blague de tabac et un peu d'herbe locale filée par un ami qu'il ne voit que trop rarement. Il attend son heure. La nuit pleine. Quand les terrasses se rangeront, il pourra enfin vivre pleinement son moment. Il s'y prépare déjà en sortant ses carnets et ses crayons. Ne resteront alors, au loin, que les bruits des talons des gens qui rentrent tard. Chez eux. À l'abri. Et lui, d'écrire, en fumant et buvant en toute quiétude, sur les films qu'il ne verra jamais, les livres qu'il ne lira pas, les vacances qu'il n'a pas vécues, son bronzage de cuir tanné involontaire, les terrasses qu'il n'a pas fréquentées, les pique-niques manqués, ses enfants et leur ballon qui manquent, les fêtes éphémères au bord du Canal... Il oublie qu'il a faim. Il sourit.

À la lueur jaunâtre des réverbères, il griffonne sa journée, donc. Comme pour remplir les manques. Les loupés. Se repaître du rien. Taquiner le vide. Seule la nuit lui appartient. Plus tard en nuit, à l'abri du monde, il fera grésiller sa petite radio histoire de vérifier que le monde continu à tourner sans lui. Même si les nouvelles sont mauvaises, d'en faire partie, il sera joie.

Il se dit que, de ses carnets, un jour, peut-être il en résultera quelque chose. Il griffe sa dernière ligne d'encre sur le papier et il s'endort hors le monde...

Partir

Partir, comme pour envisager la fin d'un monde. Prendre la route pour me rendre peu importe où. Imaginer d'autres rivages. Croiser d'autres visages pourvu qu'ils me soient inconnus. Partir fatigué pour arriver neuf. Être un peu chagrin sur les quais pour une fois, en mouvement, peu à peu, sourire à l'inconnu. Prendre le tout dernier train pour voyager dans le coton de la nuit. Les lumières tamisées du wagon, les légers souffles ensommeillés des rares passagers me bercent. Mon esprit flâne au-delà des vitres où j'imagine se dessiner au fusain les paysages.

Partir pour le plaisir du train. Pour la fugue en bateau ou pour la main pacifique levée aux phares des voitures. Se coltiner le partir, aussi, à pied ou en marchant sur les mains.

Partir pour suivre sa fleur de fuite.

Partir pour être inconnu en des lieux tout autant.

Se dire que l'on part parce qu'on aime et qu'il faut quitter comme disait le poète.

Partir quelque temps sans possiblement tout quitter le peu que l'on a.

Partir pour avoir quelque chose à faire.

Partir pour avoir quitté trop souvent. Lâcheté. Quitter croyant partir. C'est la vie de nomade qui m'a enseigné la subtilité. Partir annonce le retour. Quitter celle de la fin. Serais-je condamné à n'en plus finir ?

Partir comme on vient, quand on baise, aussi. On y revient toujours.

Partir, c'est se perdre aussi. Un peu. Une ville nouvelle, un endroit nouveau. N'être personne jusqu'au premier mot prononcé. Se taire alors, le plus longtemps, pour faire durer le moment suspendu qui ne me rattache à rien.

Partir aussi et affronter ce clochard que tu ne connais pas, Mendiant-Dieu en son quartier qu'il défend bec et ongles et souhaite t'en chasser. Tu t'assois quand même en éternel sale gosse qui n'a peur de rien. Lui indiquant que tu repartiras une fois le clope et la cartouche enquillés tranquillement. L'invitant à... Il viendra me raconter sa vie en picolant mon stock non-stop. Il parait 60 ans mais il en a réellement 39. Il me pose trop de questions et me coûte cher. Je me pose un peu plus loin après le Salam de circonstance.

Partir, c'est aussi se départir des maladies qui nous bouffent. Oh ! Une dent est encore partie ce matin ! Ce début de cancer faisait fausse route mais il faut être attentif aux péages imposés. Pas sûr que trois malaises cardiaques n'empêchent de partir pour le long voyage.

Partir en vacances. Aussi. Mais société t'intime de le mériter. Je suis en vacances, donc, toute l'année. Libre de partir. Un sans clé peut tout se permettre alors.

Partir c'est une arrogance rare en cette société de confort.

Fermer les yeux, un peu défoncé, se laisser partir. En souffle apaisé, capter les chants des oiseaux, le bruissement du ru et des vers qui remuent la terre.

Partir de rien, revenu de tout.

Se départir de tout sans soi.

Repartir en enfance triste et de plomb.

Repartir de là où je suis et revenir là où j'étais.

Partir, comme pour tourner en rond.

Aimer la vie est facile quand vous êtes à l'étranger. Là où personne ne vous connaît, vous tenez votre vie entre vos mains, vous êtes maître de vous-même plus qu'à n'importe quel moment. Hannah Arendt.

Final nocturne

Les morsures prennent terme. Comme pour une fin d'un monde que je veux envisager via la vision du rêve d'un piètre écrivain pêcheur de grenouille le cul dans la vase et les genoux dans la boue. Offrir mes yeux à d'autres regards et me dire que je suis moins seul. Je caresse le doux satin envisagé pour partir fatigué des matins matons des nuits cotonneuses qui s'enfuient. J'ai en tête les lumières tamisées des wagons des trains, des bateaux de mes quêtes à imaginer au-delà des vitres, les paysages. Confiner mes fugues au plus creux de mon ventre pour mieux les vomir. Cracher à la gueule du vide. Puisque le vide m'ennuie…

« Je n'ai pas fait bon accueil à mon premier cri, les pages se tournent en ce recueil où rien ne se lit, j'aurais voulu changer en linceul ces langes qui me tiennent en vie, j'ai tant de peine à respirer et le vide m'ennuie… »

D'écriture, de poésie, décrire le monde, le sien sans tenir compte vraiment de la vision de celle des autres. « Écris mon ami, il en restera toujours quelque chose. » Oui. Emplir les amphores de l'existence passagère que l'horizon presse.

J'ai explosé une partie de ma vie en l'exposant aux vents divers. J'ai osé. Partir pour exposer ses fleurs de fuite. La vie de nomade, un peu lâche mais jamais avec dans l'esprit de faire du mal aux autres.

J'ai pensé écrire comme on se livre. J'ai englouti les écritures carnassières, mes fleurs du mal ou mes araignées que je me prends dans le bide. Avec toujours en phare la possibilité d'une certaine poésie. Pour me guider. Un phare ? Oui.

J'ai peur, soudain, de ne livrer en ce maigre bouquin de mes vies que d'un peu de celles-ci.

Je souris à l'or des prouesses.

Ou alors de l'audace.

J'aime l'idée d'avoir été même l'idée de n'être qu'un môme de merde, morveux et prétentieux. L'idée d'avoir égaré, un temps, la solitude d'une vie sans égard pour juste griffer du papier. Toutes ces heures de nuit en écriture. Ces souvenirs livrés sans fard. Carnassiers et morsures.

Aimer l'idée aussi d'avoir pu laisser un peu derrière moi l'enfant perdu, le jeune homme en colère pour regarder l'homme devenu patient, qui écrit sans cesse, comme pour se venger du temps perdu. Respirer un peu de lumière et faire nique à la nuit.

Et puis…

…Je lui ai demandé si, après le premier livre, celui-ci « valait le coup ». « Joli nez » souriait d'enthousiasme. En retour, je caressais l'idée que j'avais, enfin, trouvé une Maison. Delphine Chaume « joli nez » se consacrait beaucoup à gommer mes incertitudes, mes peurs absurdes mais bien réelles, combler les failles du doute et mettre en page un peu de ma vie en marge. Et puis Nadeau, les éditions emblématiques. Se sentir entouré comme par une étole qui vous couvre parce que l'hiver de votre vie peut faire une pause, envisageant, souriant penaud à un grand destin d'écrivain.

J'ai commencé depuis peu à aimer un peu plus mes failles. Mettre en sourdine le rabat-joie en moi sans cesse trop critique. Oser. « Écris, écris, écris, », me disait l'ami Guy, « il en restera toujours quelque chose. » comme cité plus avant. C'est par lui que la plume a tracé durant une belle décennie jusqu'à « Joli Nez ». J'ai mis un peu de soleil en mon hiver qui dure. Le premier livre est sorti au printemps, celui-ci pointe truffe aux abords de l'automne.

« Je voudrais lire ton livre Papa. Je pourrai quand ? ». Second poumon ne masque pas son impatience. Premier poumon est dans la même veine. Mes écritures sont pour elles. Je n'ai de cesse de me le répéter. Lit-on son épitaphe de son vivant ? Partageons-nous un héritage alors qu'encore vivant ? « C'est dur d'écrire un livre Papa ? »

Écrire, c'est se souvenir, souffrir et rire, pleurer quand les mots sont douloureux à oser les griffer, douter beaucoup et s'écrouler épuisé. Écrire, c'est survivre un peu quand les fantômes se pressent à ton chevet. Quand je ne serai plus là, il restera la voix de mes mots et quand quelqu'un sera là pour les lire en douce ou haute voix, du fond de mon abîme je pourrai réaliser que j'existe un peu, encore… Un peu…

Parler, c'est se rassurer. Écrire c'est poser les choses et les laisser cheminer.

Et puis, vidé d'encre, se trouver un nouvel ancrage. Inviter une nouvelle page blanche à se laisser tourner pour en griffer d'autres pages sœur pour se perdre en d'autres écritures.

Et puis remercier. Ce moment compliqué à écrire. Toujours la crainte d'oublier quelqu'un.

Philippe, sans qui je serais toujours sans toit avec l'incapacité de travailler sereinement. Ses conseils judicieux et nos échanges précieux.

Guy, qui plane toujours au-dessus de moi me chuchotant à l'oreille « qu'il en restera toujours quelque chose ».

Arnaud, pour la ré-créativité inspirante au travers de nos simples et chaleureux échanges et nos coups de feu.

Lyly, Michelle, Maud, M'Dame Kramer, Paulette et son p'tit vélo que j'ai dans la tête, Dominique et sa fraîcheur, mes balades avec Sonja, et autant de personnes, personnalités qui via l'oiseau ont participé sans le savoir à la réalisation de la propre mienne.

Stéphane que j'ai déserté sous ses conseils : « préserve-toi mon Ami » et dont les gamelles et les bons petits vins manquent.

Ma petite radio.

Mes carnets et mes crayons.

Peut-on remercier les différents médias qui m'ont accueilli avec intelligence et sans pathos sans me transformer en homme-sandwich ?

Aurore pour ses tics de langage précieux.

Mon épicier du coin qui, malgré la crise qu'on nous impose, n'augmente pas ses prix.

Pierre Lescure.

Christophe L., Aline, Isabelle, Christophe Mgen, Vincent B., et tant d'autres que j'aimerais citer.

Joëlle énervante et passionnante éditrice.

La tristesse qui m'accompagne depuis toujours et qui m'inspire.

Je suis cœur perdu à ne pas pouvoir écrire plus en remerciements.

Je m'égare en remerciements. Avec sourire. Je bois et fume un peu. Il s'agit de la fin d'une « aventure ». J'ai peine à m'y résoudre. Les « écritures carnassières » étaient livrées telles quelles, les « Morsures » itou.

J'ai mis un peu de mains dans la terre de mes nuits. Je vais sans doute gêner un peu. (Ceci est une parenthèse) …

Et puis mon étole Suisse qui m'a bouleversé…

Et puis, il faut que ça cesse…

Donc, et puis… Claire… sans qui… Elle et mes deux poumons à qui toute cette charge d'écriture revient. Je suis cri d'amour à écrire ce livre plein de larmes mais aussi de petits bonheurs à y trouver. Me retrouver…

Et sans « et puis », un clin d'œil appuyé à mon cœur épuisé qui est en pleine négociation sur la suite à donner à mon aventure littéraire.

Lecteur, lectrice, merci d'avoir épuisé du temps à me lire. « Il est des épuisements qui vous motivent. L'écriture en est une. »

TABLE

REMERCIEMENTS DE L'ÉDITEUR
à Patryck Froissart
et Laure de Lestrange
pour la relecture des épreuves

Achevé d'imprimer par Pulsio SARL
dans l'Union européenne
le 20 juin 2023
Dépôt légal : septembre 2023